Der Schlafende See
Berg des Feuers
Rettung des Urahnen
Land der Behaarten
Strand mit dem großen weißen Fisch
Fluß
Parramatta
Baum mit der Jahreszahl 1829
rah Janes Zusammentreffen mit der Fischfrau

Patricia Wrightson

Magooya

Im Schatten der Zeit

Patricia Wrightson
ist eine der bekanntesten Jugendbuchautorinnen Australiens.
1986 ist sie für ihr Schaffen mit der Hans-Christian-Andersen-Medaille ausgezeichnet worden. Daneben hat sie zahlreiche andere Preise erhalten.
Sie lebt in New South Wales/Australien.

Patricia Wrightson

Magooya
Im Schatten der Zeit

Aus dem Englischen übersetzt
von Maria Rosken

Arena

Die Originalausgabe ist unter dem Titel
»Shadows of Time«
erschienen bei Mark Macleod Books, Random House, Australia

1. Auflage 1996

Aus dem Englischen übersetzt von Maria Rosken
Einbandfoto: Reece Scannell
Einbandgestaltung: Wayne Harris
Gesamtherstellung: Westermann Druck Zwickau GmbH
ISBN 3-401-04695-0

Inhalt

Der Magooya

1

Es war das Jahr 1798, als der Junge zum Berg des Feuers gerannt kam. Er war klein, ungefähr acht Jahre alt, trug keine Kleider und war schwarzhäutig wie die Männer, die ihn jagten. Seit sein Großvater tot war, hatte er niemanden mehr und auch keinen Zufluchtsort, an dem er sicher gewesen wäre. Denn er gehörte keinem Land mehr an. Er rannte wie ein kleines, aufgescheuchtes Tier: unter dunklen Kasuarinen den Fluß hoch, über die Ebene in einen Wald aus großen Graugummibäumen am Fuß eines Berges. In diesem Land waren die Berge voller Felsspalten, in die sich ein kleiner Junge zum Schutz vor Speeren hineinzwängen konnte.

Die Männer folgten ihm, grimmig und schweigend. Sie jagten ihn, weil sein Großvater, der Weise Mann, gestorben und der Junge in ihrem Land jetzt ohne Rechte war, vor allem aber, weil er Teufelsaugen hatte. Als sie ihn auf den Berg zulaufen sahen, wurden sie zornig und rannten schneller, riefen Warnungen und Drohungen.

Der Junge rannte in großen Sätzen weiter, gehetzt von den Rufen. Er kroch durch langes, rauhes Gras den Berghang hoch und hielt Ausschau nach einer Felsspalte. Die Rufe klangen entfernter: Die Männer hatten angehalten. Er war so froh darüber, daß es ihm nicht merkwürdig erschien. Wie eine Spinne huschte er um den Berg herum zum Nordhang – plötzlich war er ruhig. Jetzt wußte er, wo er war, warum die Männer riefen und zurückblieben. Um sein Leben rennend, war er an einen schrecklichen Ort, einen verbotenen Ort gestolpert. Jetzt war er wirklich verloren.

Der Berg brannte. Rauchwolken stiegen aus ihm auf. Da waren Felsen: In großen Platten stürzten sie hinab, wo Feuer den Boden unter ihnen weggefressen hatte. Sie waren schwarz oder von kräftigem, leuchtendem Gelb, genau wie sein Großvater gesagt hatte. Er konnte den gefährlichen Atem des Feuers riechen und die Spur erkennen, die es vor langer Zeit auf seinem Weg den Berg hinab in die Erde gebrannt hatte. Er hätte diese Dinge niemals zu sehen bekommen sollen – denn dies war der geheime, heilige Sitz des Feuers.

Nun würde er mit Sicherheit sterben müssen. Hilflos wartete er, daß das Feuer emporloderte und ihn verschlang. Dicker Rauch quoll langsam und bedrohlich aus der von der Hitze rissigen Erde. Der Junge geriet in Panik. Er lief in den Rauch hinein, warf sich auf den heißen, geborstenen Boden und weinte, als er sich der Macht des Feuers überließ. »Gut, nimm mich. Ich habe Teufelsaugen, und ich spreche die Sprache des Teufels. Nimm mich.«

Nichts geschah. Der Rauch neigte sich bloß schwer nach Norden und stieg höher, die Männer unten sangen ein feierliches Lied. Aus einem großen Riß in der Erde stieg der Feueratem hoch und drängte den Jungen, näher heranzukommen. Mit stockendem Atem sah er tief in die Spalte.

Zuerst war sie nur dunkel, dann glühte sie in einem schwachen

Rot. Er war außerstande wegzusehen. Da war ein rotglühendes Gesicht, das ihn mit goldenen Augen anschaute. Es war alt und streng wie das Gesicht seines Großvaters, und der Junge schrie auf vor kindlicher Angst und Kummer. Dann wogte der Rauch hoch, seine Augen und seine Lunge schmerzten. Um Luft zu holen, rollte er zur Seite.

Die Männer hörten seinen Aufschrei, stampften mit den Füßen und sangen zum Gott des Feuers. Der Junge lag still da und wartete: während seine Kehle brannte, während die Sonne über den Himmel wanderte, der Rauch hochquoll und wieder erstarb, während Abend die Höhlen erfüllte und die Männer nach Hause gingen. Nichts geschah. Mit einemmal hatte das Warten ein Ende, und der Junge wußte, daß nichts geschehen würde. Er stand einfach auf und ging fort.

Sein Körper war mit dem kräftigen, leuchtenden Gelb der Felsen beschmiert. Zitternd lief er hinunter zum Fluß und rieb es mit mehreren Handvoll nassem Sand ab. Aber ein Mal, auf dem Arm über dem Ellbogen, ließ sich nicht abreiben: ein goldenes Mal, das einer auflodernden Flamme glich. Als er die Stelle so lange gerieben hatte, bis sie wund war, gab er es auf und beachtete sie einfach nicht mehr.

Er trank Wasser, sammelte Schößlinge und Beeren zum Essen, baute wie ein Buschhuhn einen Haufen welken Laubs zu einem Nest auf und kroch hinein. Um sich zu wärmen und gegen die Geister der Nacht zu schützen, hätte er ein Feuer gebraucht, aber heute war er nicht imstande, eins zu machen. Er hatte in die goldenen Augen des Feuers geblickt und hatte Angst.

Geborgen im Laub schlief er ein. Geschöpfe der Nacht kamen und spürten ihn auf, allen voran der Magooya. Er besaß viele

Gestalten, heute nacht aber war er größer als Bäume, doch schwächer als Sternenlicht, mit blassen, vorstehenden Augen, die auf den Jungen herabstarrten. Der Magooya erblickte den Behaarten und seine Frau, die auf der Suche nach dem Jungen waren, und verscheuchte sie mit scharfen Lauten: *Krck! Krck!* Der Junge hörte es im Schlaf und regte sich. Aber sein Laubnest war tief, und die Bäume verdeckten es mit einem Netz aus Mondschatten – die Behaarten fanden ihn nicht.

Weit weg im Süden, in der Weißensiedlung Parramatta, lagen die Sträflinge ebenfalls im Schlaf. Sie waren in die Hütten gesperrt, die sie selbst gebaut hatten, und schliefen in Eisenbetten statt in Laubnestern. Doch nach ihrer harten Arbeit und dank ein bißchen Rum schliefen sie gut. In den von den Sträflingen gebauten Kasernen, in denen ein paar Soldaten beim Kartenspiel saßen oder Schmählieder über ihre Offiziere sangen, flackerten noch Kerzen. Die Offiziere waren sicher aufgehoben in ihren festen und gut gebauten Häusern – ebenfalls von den Sträflingen errichtet. Jetzt waren die Häuser dunkel. Nur in Captain Allens Küchenfenster schimmerte Licht, denn Mistress Allens Küchenmagd war im Begriff, von dort wegzulaufen.

Sarah Jane Tranter war elf Jahre alt. Ihr war bewußt, daß sie von Glück sagen konnte, Küchenmagd bei Mistress Allen zu sein, denn die Köchin und Reverend Jenkins sagten ihr das oft. Ihre Eltern waren beide tot, umgekommen, als ein Pferd unnötig in Aufregung versetzt worden war und gescheut hatte. Sie war allein zurückgeblieben, eine junge Waise in einer Sträflingskolonie am falschen Ende der Welt. Ohne Reverend Jenkins' Hilfe hätte sie nirgends mehr Zuflucht gefunden.

Sie versuchte, sich dem guten Ruf, den er ihr verliehen hatte,

würdig zu erweisen, und war ehrlich und fleißig, so wie Reverend Jenkins und die Köchin es ihr rieten. Denn sie wußte, daß sie recht hatten: Ihr guter Ruf war ihr größter Schatz. Das war auch der Grund, warum sie fortlief, mit einem halben Laib Brot und dem Rest gesalzenen Hammelfleisches, entwendet aus Mistress Allens Küche. Sie mußte sich ihren guten Ruf bewahren. Die Arbeit hatte ihr nichts ausgemacht. Morgens in aller Herrgottsfrühe, wenn die anderen im Haus noch schliefen, hatte sie die Eingangsstufen geschrubbt, den Feuerrost gereinigt und für die Köchin Feuer gemacht. Sie war stolz auf ihre Arbeit gewesen. Sie hatte mit Bimsstein die Flecken von den Messerklingen gerieben, bis sie ihr in die Finger schnitten, und die Töpfe gescheuert, bis ihre Hände blutig waren. Es hatte ihr auch nichts ausgemacht, in die Besenkammer gescheucht zu werden, wenn die Mistress erschien. Eine Küchenmagd machte sich eben mitunter schmutzig, eine Mistress aber sollte ihre Küche stets ordentlich aufgeräumt vorfinden. Das war, wie die Arbeit, schon in Ordnung. Sarah Jane hätte all diese Arbeiten gern weiter verrichtet, wäre da nicht die Sache mit der Soßenschüssel gewesen.
Es war die Soßenschüssel für besondere Anlässe, ganz in Lila und Gold. Sarah Jane durfte sie nicht anrühren. Sie scheuerte gerade angebrannte Töpfe am Spülstein, als sie das Scheppern hörte, und drehte sich danach um. Da lag sie, in tausend Stücke zerbrochen, auf dem Boden. Außer ihr war nur noch die Köchin in der Küche. Sarah Jane hätte schreien mögen, weil sich die Köchin damit großen Ärger eingehandelt hatte. Doch dann fing sie den Blick auf, den ihr die Köchin mit hochgezogenen Augenbrauen zuwarf, und drehte sich wortlos wieder zum Spülstein.

»Kehr sie auf, Tranter«, sagte die Köchin gefährlich ruhig. Sie war eine Sträflingsfrau – und von allen gefürchtet und respektiert.

Langsam und widerwillig kehrte Sarah Jane die Scherben der Soßenschüssel zusammen. Sie faßte sie nicht an, sie wollte sich ihren guten Ruf bewahren. Die Köchin aber hatte sich ihren guten Ruf schon viel länger erhalten als sie und verstand sich besser darauf. Sarah Jane verhielt sich bis zur Zubettgehzeit wie ein Mäuschen und wünschte der Köchin eine gute Nacht, die sich mit dem Rücken zu ihr übers Feuer beugte. Dann verzog sie sich leise in die Besenkammer, während die Köchin ihr noch immer den Rücken zuwandte.

Als das Haus still war, stahl sie sich hinaus. Sie zündete einen Kerzenstummel am abgedeckten Feuer an, wickelte den halben Brotlaib und das gesalzene Hammelfleisch in ein Geschirrtuch, entriegelte die Hintertür, blies die Kerze aus und schlüpfte hinaus zum Fluß. Sie besaß bloß die Kleider, die sie am Leib trug: Unterwäsche und Unterrock unter dem langen, dicken graubraunen Wollkleid, darüber die Schürze aus Leinen, ihre Strümpfe aus gesponnener Wolle, ihre robusten Schuhe und ihre Magdhaube aus Kattun, alles, wie das Brot und das Fleisch, dank Mistress Allen von Captain Allen angeschafft. Sarah Jane fühlte sich schuldig, vor allem wegen der entriegelten Hintertür.

Auf keinen Fall durfte sie sich von den Aufsehern fangen lassen und ihren Eltern und Reverend Jenkins Schande bereiten. Ansonsten wollte sie nichts weiter, als zum Meer zu gelangen. Sie erinnerte sich nicht mehr daran. Als ihr Vater, ein Schiffszimmermann, hergekommen war, um in der Siedlung zu arbeiten, war sie noch zu klein gewesen. Aber alle Geschichten ihres

Vaters hatten sich ums Meer gedreht, und dessen Brandung toste in Sarah Janes Träumen. Das Meer mit dem warmen, sonnigen Sand war voller Fische und Schalentiere. Von ihnen konnte sie leben, wenn sie es bloß fand.

Die einzige Straße von Parramatta führte nach Sydney: ein wilder Ort, nicht sicher für eine junge Waise. Holprige Wege führten zu kleinen, dichtem Wald abgerungenen Bauernhöfen – dort wollte keiner eine Waise. Überall sonst war der riesige, stille Urwald – mit verschlungenen Lianen, düster, voller Parasiten, Schlangen und Eingeborener. Forscher begaben sich, mit Ausrüstung versorgt, mutig hinein, und wenn sie herauskamen, sahen sie aus, als wäre eine Katze hinter ihnen hergewesen. Um zum Meer zu gelangen, mußte Sarah Jane den Urwald durchqueren, und wenn sie sie tot finden würden, geschähe es der Köchin recht.

Immerhin war sie in dieser Siedlung aufgewachsen, hatte mit den Kindern von Sträflingen gespielt und gelernt, vor Männern und Hunden davonzurennen. Sie wußte, wo die Männer sich betranken, wo die Hunde angebunden waren, sie kannte die verborgenen Plätze, wo sich Pärchen versteckten. Durch Mondschatten an Häusern, Kasernen und Hütten entlangschlüpfend, fand sie den Fluß und folgte ihm nach Norden.

Der Fluß war wie eine Straße durch den Urwald: Auch andere, die sich von Menschen und Hunden fernhalten wollten, folgten ihm womöglich. Unten an der Böschung entlang schlich sie nach Norden, bis sie Schlaf brauchte. Dann warf sie sich mutig in die alles überragende Dunkelheit. Als sie unter ihren Schuhen trockene Rinde spürte, rollte sie sich darauf zusammen, stopfte das Bündel unter ihre Schürze und schlief ein.

Am Morgen fand sie sich nicht mehr zurecht. Drei Tage lang streifte sie durch den Urwald, bis die schwarzhäutigen Menschen sie entdeckten.

Sie waren nicht sonderlich überrascht, denn dies war ihr Land, und sie hatten auf ihren endlosen Wanderungen, bei denen sie den Jahreszeiten und der Nahrung folgten, die Weißen schon seit langem beobachtet. Einige von ihnen hatten Nahrung der Weißen gegessen und kannten ein paar ihrer Wörter. All jene, die sich verirrt hatten oder die mit Ketten an den Beinen fortgelaufen waren, hatten sie gerettet, und sie hatten ihnen auch zu essen gegeben. Dies hier war ein junges Mädchen. Die schwarzen Frauen würden sie ein wenig unterweisen; danach könnte sie mit einem achtbaren Mann verheiratet werden. Aber sie waren auf der Hut.

Die Weißen hatten seltsame Launen und furchterregende Waffen. Die junge Weiße war wütend: Sie hatte Luft geholt, um zu schreien. Wenn sie sie mitnahmen, entwischte sie vielleicht und beschwerte sich bei den Weißen, sie sei entführt worden. Nahmen sie sie nicht mit, gab man ihnen womöglich die Schuld, wenn sie starb. Das Mädchen ging sie nichts an, aber der eine wie der andere Weg konnte ihnen Ärger bescheren. Sie beratschlagten in rollenden Worten und beschlossen, daß die junge Weiße selbst entscheiden sollte.

Auch Sarah Jane hatte schon Schwarze gesehen, aber nur in der sicheren Siedlung, und da trugen sie gewöhnlich mehr am Leib als nur einen kleinen Lendengurt und Schlamm und Fett. Sie hielt die Luft an, um zu schreien – aber sie hatte drei Tage allein im Urwald zugebracht. Sie hatte bloß noch einen Kanten Brot und nicht mal mehr die Hälfte des Hammelfleisches, ihr einziges

Trinkwasser hatte sie aus sumpfigen Wasserlöchern geschöpft. Als die Schwarzen sich zum Gehen wandten, verließ Sarah Jane der Mut. Dann sahen zwei der Kinder sie verstohlen an und kicherten. Sarah Jane war selbst ein Kind – sie konnte ihre Blicke und ihr Gekicher deuten. Sie folgte den Schwarzen.
Sie folgte ihnen tagelang. Sie paßten auf sie auf, ließen sie aber in Ruhe. Sarah Jane lernte, ihre nicht gekennzeichneten Wege zu erkennen, half ihnen Wurzeln, Beeren und Raupen zu sammeln und bekam beigebracht, wie man an einem Feuer unter dem Schutz eines Rindendachs übernachtete. Sie gab den Frauen die Nahrung, die sie sammelte, und bekam einen Anteil, nachdem sie gekocht war. Sehnsüchtig lauschte sie ihren rollenden Worten und ihrem Lachen. Aber niemals, keinen Augenblick lang, dachte sie daran, bei ihnen zu bleiben. Ein seltsames neues Gefühl wuchs in ihr, und sie ahnte nicht, daß es das Gefühl von Freiheit war. Klar war ihr nur, daß sie, Sarah Jane Tranter, zum Meer wollte. Schließlich kam eine Nacht, in der sie, wach in tiefer Stille, ein rhythmisches Geräusch hörte. Es klang wie das Atmen eines weit entfernten Riesen, und sie dachte, es könnte Meeresrauschen sein.
Sie wußte, was sie tun würde, um die Schwarzen loszuwerden, sobald sie am Meer waren. Es war ganz einfach: Sie würde sich in eine Teufelin verwandeln, wie es ihr der Sohn eines Sträflings vor Jahren gezeigt hatte. Das brachte erfahrungsgemäß alle aus der Fassung, und während die anderen außer sich waren vor Schreck, würde sie sich davonmachen. Tagelang wartete sie ab, bis der Augenblick gekommen war – als das ferne Atmen zu einem wortlosen Rufen wurde, der hoch aufragende, feuchte Wald in Banksie und Heide überging und sie schließlich auf

einem felsigen Gelände standen, das steil zu Sumpfland hin abfiel.
Zu ihren Füßen waren die Wipfel von Bäumen. Sarah Jane schaute über sie hinweg. Jenseits des Sumpflands lagen ein weißer Strand, eine felsige Landspitze, an der Wellen hochschossen und zurückschnellten, und glattes, glitzerndes Blau, das sich bis zum Horizont erstreckte. »Das Meer!« rief sie.
Die Schwarzen sahen sie an und lächelten. Eine solche Gelegenheit konnte sie nicht ungenutzt lassen. Schnell legte sie die Daumen in die Mundwinkel, die Zeigefinger an die Augen und drückte die Wangen hoch. Jetzt hatte sie ein verzerrtes, grinsendes Gesicht mit furchterregend starrenden, rotgeränderten Augen. Alle sahen es mit einem Schaudern an.
Die Frauen und Kinder kreischten wie Elstern, die Männer wichen zurück und schwenkten ihre Speere. Sarah Jane Tranter sprang über die Klippe.
Sie fürchtete, es vielleicht nicht zu überleben, aber das Land fing sie in einem Netz aus Büschen auf, und sie zog sich nur ein paar Prellungen und Schrammen zu. Die Felsen über ihr waren voller Höhlen, vor ihr lagen steile, mit Büschen bewachsene Hänge, zu ihrer Rechten verlief der dunkle Rand einer Schlucht. Sarah Jane schleuderte einen Stein in die Schlucht und kroch in die entgegengesetzte Richtung unter die Felsen. Niemand folgte ihr. Vielleicht hielten sie sie wirklich für eine Teufelin, vielleicht waren sie auch bloß froh, sie los zu sein.
An diesem Tag schaffte sie es nicht bis zum Meer. Nachdem sie mühsam durch das Gestrüpp hinuntergeklettert war, mußte sie noch immer einen Weg um den Sumpf herum finden. Sie schlief an einem Fluß, der kraftvoll landeinwärts floß, und machte sich

deswegen Sorgen, bis ihr die Gezeiten in den Sinn kamen. Mit Hilfe ihres neuen Buschmessers löschte sie ihren Durst am abgebrochenen Stamm einer Liane, aß ein paar Samen sowie etwas Nektar von Myrthenheideblüten. Sie war noch immer hungrig, aber sehr zufrieden mit sich.

In der Ferne verbargen Sanddünen das Meer, aber sie hörte es die ganze Nacht über im Schlaf. Es sprach wie Gott: ein einzelnes Wort, zu volltönend und schlicht, um es zu verstehen. Am Morgen war Ebbe, und der Fluß rieselte als ein kümmerliches Rinnsal über den Sand dahin. Sarah Jane ging durch das Flußbett zum Meer, ihre Schuhe und Strümpfe hielt sie in der Hand.

Auf dem Strand lagen weder Fische noch Muscheln. »Auf den Felsen wird es welche geben«, rief sie sich in Erinnerung und machte sich auf zur Landspitze. Auch wenn das länger dauern mochte, lief sie immer am Rand des Sands entlang, wo das Meer in einem fort nach ihren Füßen schnappte und sie wieder losließ. Unter einer hohen Klippe gelangte sie zu der breiten, mit Mulden übersäten Landspitze.

Das Meer ließ ringsherum eine donnernde Gischt hochbrausen, aber über die Felsen in die Mulden strömten nur dünne Fäden Wasser. Da gab es Unmengen von Muscheln. Sie hatten die Form spitzer Hütchen oder gewundener Turbane und saßen allesamt auf den Steinen fest. Sarah Jane nahm einen Kieselstein als Hammer. So hungrig sie auch war, die zerdrückten Muscheln schmeckten eklig. Gegart waren sie bestimmt besser. Trotzdem hatte sie mehrere verspeist, als die plötzlich ruhige See sie aufblicken ließ.

Das Meer baute eine gewaltige Welle auf. Der gekräuselte weiße Kamm zog sich vor dem Himmel dahin, die grünpurpurne

Unterseite neigte sich vornüber. Keine der Geschichten ihres Vaters hatte von etwas Vergleichbarem erzählt. Sarah Jane ließ den Kieselstein fallen, raffte ihre Röcke und rannte zur Klippe. Es gab ein krachendes *Womm!,* und Wasser toste und schäumte. Wirbelnder weißer Schaum brauste ihr im Laufen gegen die Knöchel. Sie glaubte, der dem Meer ausgesetzte Felsen müsse fortgeschmettert worden sein.

Aber als sie sich, den Rücken an die Klippe gedrückt, umdrehte, war alles wie zuvor. Bloß daß jetzt unterhalb der Klippe nasse Muscheln lagen, auf ihrem Gesicht Gischt war, glänzendes Wasser über die Felskante hinabfloß, Mulden überliefen – und daß ein großer weißer Fisch auf den Fels gespült worden war und mit den Flossen schlug.

Sarah Jane hatte noch immer Hunger, und da endlich war ein Fisch, ausreichend für eine ganze Familie. Er schlug mit den Flossen und glitt weiter. Die nächste Welle würde ihn ins Meer zurückholen. Sie rannte hin, schob ihn in eine große Mulde und stürzte zurück, um die nächste Welle abzuwarten.

Die lud bloß wie zuvor Schaum entlang der Felskante ab. Ihr Vater hatte gesagt, daß jede siebte Welle größer wäre. Sarah Jane blieb unter der Klippe und zählte mit, aber das Meer baute nicht noch einmal ein solches Gebirge auf. Als sie sich wieder zu der Mulde vorwagte, war der Fisch weg. Er war ihr entwischt.

Sarah Jane war erleichtert, weil sie sich nicht vorstellen konnte, in etwas so Großes, Weißes hineinzubeißen. Da nahm sie ein Glitzern auf dem Sand in der Mulde wahr: Zwischen Wellenschatten funkelte etwas. Neugierig kniete sie sich auf den Felsen und fischte es heraus: einen breiten Silberreif, einen Ring.

Verwundert streifte sie ihn über ihren Finger. Wie konnte es hier, wo nur Eingeborene hinkamen, einen Ring geben?
»Er stammt von einem ertrunkenen Seemann«, dachte sie zitternd und versuchte ihn schnell vom Finger zu ziehen. Aber der Ring, der so leicht auf ihren Finger geglitten war, ließ sich nicht abstreifen.

2

Der schwarzhäutige Junge stahl sich vom Berg des Feuers weg für den Fall, daß die Männer wieder auftauchten oder das Feuer selbst ihm folgte. Er nahm den schnellsten Weg: am Fluß entlang nach Südosten aus diesem Land heraus. Aber ihm schien, daß irgendein Geist ihn begleitete.

Jetzt getraute er sich wieder, sein Lager mit Feuer zu sichern, doch Nacht um Nacht waren da seltsame Geräusche. Sie drangen scharf und deutlich aus dem Wald ringsum oder von oben aus der Luft. Durch seinen Großvater, den Weisen Mann, kannte er sich mit Geistern aus, und dieser klang wie ein Magooya. Der Junge hoffte, er würde zurückbleiben, denn ein Geist gehörte in sein eigenes Land, genau wie ein Mensch. Aber der Fluß führte ihn aus den Bergen heraus in die feuchten grünen Wälder der Küstenebene, und noch immer begleiteten ihn die Geräusche des Geistes.

Bald gelangte er zu einem Lager der Weißen. Er hatte keine Angst, denn sein Großvater hatte ihn oft mit zu ihnen genommen. Aber er wollte mit niemandem zusammentreffen, egal, ob weiß oder schwarz. Er wollte nur am Leben bleiben und frei, das Land durchstreifen, wie seine Leute es immer getan hatten. Doch als er im Buschwerk an der Küste auf die Spur eines weißen Mannes stieß, folgte er ihr. Es war sicherer, den Mann aufzustöbern, als von ihm entdeckt zu werden.

Dies war die Spur eines Mannes mit einer Kette am Bein. Er hatte sich verirrt, denn er wanderte ziellos umher, war durstig, denn er kaute und spuckte Blätter aus, und müde, denn er ließ sich oft schwerfällig nieder. Hinter Farnen kauernd, erblickte der Junge ihn schließlich.

Mit gesenktem Kopf und geschlossenen Augen saß er zusammengesunken an einem Baumstamm. Sein Gesicht mit dem struppigen Bart war von der Sonne verbrannt und rissig, seine Lippen waren geschwollen. Er trug eine Jacke und Hosen aus Leinen und hatte an einem Knöchel eine kaputte Kette. Der Junge überlegte.

Dies war ein entlaufener Sträfling, voller Angst vor dem feuchten grünen Urwald und vor den Soldaten. Es würde ein leichtes sein, unbemerkt wegzuschleichen, der verirrte Mann aber würde dann weiterwandern und in Lebensgefahr geraten. Es würde auch ein leichtes sein, ihm aus der Wasserliane über seinem Kopf zu trinken zu geben, aber dann konnte sich der Mann ebenso leicht den kleinen Jungen schnappen, der ihm so nützlich war. Es gab da etwas, was vielleicht sicherer war. Der Junge trat vor.

»Guten Tag«, rief er. »Möchtest du Wasser?«

Der Sträfling zuckte zusammen und blickte sich um. »Eh?« murmelte er, sah den Jungen und versuchte nach ihm zu greifen. Der Junge wich zurück.

»Wasser ist ganz in der Nähe«, sagte er. »Komm mit.«

Der Mann rappelte sich schwerfällig auf. Es war leicht, einen Vorsprung vor ihm zu behalten und ihn weiterzulocken, allerdings weniger leicht, einen Weg zu finden, auf dem er dem Jungen folgen konnte. Unter Papierrindenbäumen kamen sie auf

morastigen Boden. Der Mann sank auf die Knie und drückte die hohlen Hände in den Schlamm.
»Nein!« rief der Junge. »Dieses Wasser ist schlecht! Gutes Wasser ist ganz in der Nähe!« Er zupfte an der Jacke des Mannes, um ihn weiterzulocken.
Der Sträfling schlug nach ihm, saugte nassen Schlick und verfaulte Blätter ein, spuckte, saugte erneut und stand schließlich taumelnd auf. Der Junge rannte unter Papierrindenbäumen weiter und suchte festen Boden, auf dem ihm der Mann folgen konnte. »Hier!« rief er, hob die hängenden Zweige einer Honigmyrthe an und teilte sie.
Der Sträfling erblickte unter Zweigen den dunklen, geheimnisvollen, von Lianen überwucherten Fluß. Er wankte die niedrige Böschung hinunter, ging in die Knie, um zu trinken, und sank mit den Füßen in den nassen Kies ein. »Dem Himmel sei's gedankt«, krächzte er. »Ich habe einen Fluß entdeckt.«
Er trank erneut und spritzte sich Wasser übers verbrannte, bärtige Gesicht. Der Junge trat ein paar Schritte zurück und sah ihm zu. Von seinem Großvater hatte er gelernt, wie man so was richtig anstellte.
»Ah!« rief der Sträfling mit fester Stimme. »Ich kann jederzeit zurückgehen. Einen Mann, der einen Fluß entdeckt hat, werden sie nicht auspeitschen.« Er schaute mit verträumten, blutunterlaufenen Augen vor sich hin. »Ich werde berühmt. Bestimmt werden sie den Fluß nach mir benennen.«
Der Junge nickte und wich zurück – gleich würde er sich quer durch den Sumpf davonmachen . . . Aber in dem Augenblick rief gellend eine Stimme: »Schande!«
Der Sträfling und der Junge starrten beide hin. Am Ufer weiter

unten stand ein Mädchen. Mit der einen Hand hielt sie ihre schlammbeschmierten Röcke, in der anderen aufgerollte Strümpfe und zerkratzte Schuhe, und auf dem zerzausten Kopf trug sie eine Haube.

»Nicht du hast diesen Fluß entdeckt!« rief Sarah Jane Tranter. »Der Junge hat ihn dir gezeigt! Schäm dich!«

»Wa!« murmelte der Junge verärgert, denn der Sträfling war gefährlich stampfend und mit noch tiefer rotem Gesicht aufgesprungen, da nun seine vielversprechenden Hoffnungen auf dem Spiel standen.

»Es ist nicht in Ordnung!« rief Sarah Jane. »Sich bei der Obrigkeit einschmeicheln und einem armen, unwissenden Wilden sein Recht absprechen! Da sehe ich nicht ruhig zu . . .«

Das tat sie wirklich nicht, denn der Junge riß sie gerade noch zurück, ehe der Sträfling einen Satz nach vorn machen konnte. Mit seiner schwarzen Hand hielt er ihr den Mund zu, schlang einen Arm um ihren Ellbogen und stieß sie unter die Papierrindenbäume. »Willst du umgebracht werden?« zischte er ihr ins Ohr. »Lauf, sofort!«

Sarah Jane war so überrascht, daß sie gehorchte. Hinter ihnen stolperte und patschte der Sträfling durch den Sumpf, aber er war schwach, erschöpft und darauf bedacht, seinen Fluß nicht aus den Augen zu verlieren. Bald sagte er sich, daß es doch höchst merkwürdig war, wie Hunger und Durst einen mitunter verwirrten: Er hätte schwören können, eben ein junges weißes Weibsbild gesehen zu haben – als ob es hier im wilden Urwald so etwas gäbe! Er ging, setzte sich mit den Füßen im Fluß wieder hin und träumte von einem hübschen kleinen Flecken Land in Rose Hill oder wie immer dieser Ort heute heißen mochte.

Zu diesem Zeitpunkt befanden sich der schwarze Junge und das weiße Mädchen tief im Urwald und standen sich herausfordernd gegenüber. Sobald sie wieder zu Atem gekommen war, würde Sarah Jane ihm einiges zu sagen haben. Aber der Junge war vor ihr wieder bei Puste.

»Warum hast du das getan?« fragte er finster. »Willst du, daß man dir wie einem Vogel den Hals rumdreht?«

»Du solltest dich zur Wehr setzen«, rief Sarah Jane, denn der Sträfling hatte sie an die Köchin erinnert. *»Du* hast den Fluß entdeckt. Dieser Ausreißer hat dir dein Recht streitig gemacht.«

»Ich will keine Rechte, ich will am Leben bleiben. Und ich habe gar nichts entdeckt, der Fluß ist schon immer da. Die Weißen laufen und laufen, und irgendwann stoßen sie auf einen Fluß oder einen Berg. Dann sind sie gierige Menschen mit großen Mägen. Warum? Sie sind nur gelaufen und haben geschaut. Sie haben den Fluß oder den Berg nicht gemacht, die waren einfach da.«

»Unsinn!« rief Sarah Jane. Dann fiel ihr auf, daß der Junge blaue, in seinem dunklen Gesicht seltsam leuchtende Augen hatte und daß er ihre Sprache sprach. Er war ein wenig jünger als sie und mit Sicherheit kein entlaufener Sträfling. Sanftmütig sagte sie: »Hm, na ja. Darüber habe ich noch nie nachgedacht.«

»Wo sind deine Leute?« fragte er scharf.

Sarah Jane sah ihn mit einem freundlichen Lächeln an. »Wo sind deine?«

Der Junge runzelte die Stirn. Er trug einen Lendengurt, in dem eine kleine Holzkeule und ein englisches Messer steckten. »Wohin bist du unterwegs?«

»Darüber«, sagte Sarah Jane zögernd, »bin ich mir noch nicht im klaren. Ich habe keine Eile. Hast du vor, nach Süden zu gehen?«

Wieder runzelte er die Stirn und antwortete nicht. Aber sie hatte sich für ihn eingesetzt, ob ihm das nun paßte oder nicht, und gewisse Dinge hatten ihre Richtigkeit. »Hast du was zu essen?« fragte er mürrisch.

Sarah Jane lachte. »Wie kannst du so was fragen, wo du auf einer Lianenwurzel stehst! Roh schmecken sie zwar nicht besonders gut, genausowenig wie Fisch. Aber es gibt genug Nahrung – hätte ich doch bloß Feuerstein zum Kochen mitgenommen!«

Er schnaubte. »Feuerstein! Man kocht mit Feuer!«

»Aber ohne Feuerstein kann ich keins machen.«

»Dann grab du Wurzeln aus«, sagte der Junge. Während Sarah Jane einen spitzen grünen Zweig abbrach und vier brauchbare Wurzeln ausgrub, suchte er einen großen weißen Zündschwamm und Holz für ein Feuer. Es war feucht wie alles übrige im Urwald, aber indem er ein Stöckchen durch den Schwamm steckte und es drehte, hatte er schnell ein Feuer entfacht. Sarah Jane fand diese Methode fast so bequem wie die mit Feuerstein, Zunder, trockenem Zündholz und einem Kerzenstummel, mit denen in Mistress Allens Küche Feuer gemacht wurde.

»Hast du denn keinen Stock mit Feuer bei dir?« fragte sie, denn die schwarzen Frauen hatten immer einen dabeigehabt, um sich die Arbeit des Feuermachens zu sparen.

Der Junge ließ das nasse Holz zu rotglühenden Kohlen werden. »Feuer zu machen ist leicht für mich«, sagte er und legte die Wurzeln in die Kohlen.

»Wenn du mir dein Messer ausborgst, hole ich Papierbaumrinde«, bot sie an, um ihm zu zeigen, daß sie sich mit solchen

Dingen auskannte. Denn sie war einsam gewesen und hatte sich manchmal gefürchtet. Er gab ihr das Messer, und sie suchte einen großen Papierrindenbaum, brachte dicke, weiche Bündel Rinde und lehnte sie gegen ein paar Büsche als Schutzdach für die Nacht. Es duftete köstlich nach den gerösteten Wurzeln.

Der Junge zog sie zum Abkühlen heraus, und sie aßen sie am Feuer, während der Wald dunkler wurde. Eine kleine Eidechse, schwarz mit einem roten Streifen, raschelte im welken Laub zu Füßen des Jungen. Es war Wochen her, daß Sarah Jane sich so wohl gefühlt hatte. »Morgen«, sagte sie behaglich, »gibt es gekochten Fisch.«

Der Junge warf den Kopf herum. »Kein Speer, keine Angel. Bei Gelegenheit mache ich welche. Jetzt ist eine Eidechse am schnellsten bei der Hand.«

Sarah Jane lachte. »Die einen mögen Eidechsen, die anderen nicht. Ich werde mit der Hand Fische fangen!« Als sie sah, wie finster er daraufhin dreinschaute, fügte sie schnell hinzu: »Aber ungekocht schmeckt er eklig.«

Das beschwichtigte ihn nicht, denn er war überzeugt, daß sie angeben wollte mit ihrer Bemerkung übers Fischefangen. Mit dem Zeh zeigte er auf ihre Schuhe und Strümpfe und fragte grob: »Warum trägst du die in der Hand?«

»Im Morast werden sie dreckig.«

»Dann sind sie nutzlos. Warum schleppst du sie überhaupt mit?«

Sie sah ihn geradewegs an. »Ich weiß nicht, vielleicht brauche ich sie später. Aber du hast recht, ich sollte klüger sein. Schließlich bin ich älter als du.«

Der Junge setzte sich jäh auf. »Älter! Wer sagt das?«

»Das sieht doch jeder. Ich bin größer und also älter.«
»Du und älter! Wenn ich nicht Verstand für zwei hätte, wärst du von einem Ausreißer im Fluß ertränkt worden!«
Sie stritt nicht mit ihm, aus Angst, er könnte im Urwald verschwinden. Sie legte bloß den Finger an die Nase, schob sie hoch, bis sich ihre Lippe anhob, und sah ihn mit nach innen schielenden Augen an. Das machte ihn so rasend, daß er einen Stock nach ihr warf. Schließlich machte er es ihr nach, obwohl es seinen Worten nach gefährlicher Zauber war.
Mittlerweile war es dunkel geworden. Sie lagen unter den Dächern aus Papierbaumrinde und spürten beide die Anwesenheit des anderen wie einen neuen Zahn. Sarah Jane zog zum Schutz vor Moskitos ihre Strümpfe an. Hin und wieder schob der Junge ein Stück Holz weiter ins Feuer hinein, und ab und zu verdrehte er die Augen und sah zwei Feuer. Ein Koala brummte. In einem wilden Feigenbaum schrie eine Kolonie von Flughunden. Plötzlich gab es, deutlich und nah, ein krachendes *Krck!*
Sarah Jane fuhr hoch. »Ein Gewehr?« rief sie. »Ist der Ausreißer da?« Aber der Junge blickte in die Baumwipfel, schwenkte einen Kienspan und rief in fremdartigen, rollenden Worten. Sarah Jane schaute ebenfalls hoch und sah dunkle, mit Sternengefunkel durchsetzte Äste und eine Gestalt, die sich darin bewegte. Es war irgendein großes Wesen mit durchdringenden roten Augen.
»Schrei! Mach Lärm!« rief der Junge und stieß weiter seine seltsamen rollenden Worte aus.
Sarah Jane fing an zu schreien. »Jo! Juu-huu! Parramatta! Soßenschüssel!« Sie schleuderte einen Stein auf das dunkle Wesen. Seine roten Augen glitten unter weit ausladendem,

langsamem Flügelschlagen zur Seite. »Branntwein! Banditen!« schrie Sarah Jane.

Der Junge wölbte die Hände übers Feuer, und hohe gelbe Flammen schossen hoch. Das dunkle Wesen raste über sie dahin, wirbelte stürmisch Funken auf und schwebte davon. Die gelben Flammen erloschen.

»Wo ist es?« flüsterte Sarah Jane. Sie zitterte.

»Weg«, sagte der Junge. Er begann das Feuer zu teilen und zu zwei kleinen Feuern aufzuschichten, für beide eins zum Schutz.

»Was um Himmels willen war das?«

»Irgendein böser Geist. Ein Magooya vielleicht. Der macht solchen Lärm.«

»Warum hat er es auf uns abgesehen? Was haben wir ihm getan?«

Der Junge zuckte mit den Achseln. »Nichts. Er folgt mir.« Er erzählte ihr, wie er vom Berg des Feuers gekommen war und der Lärm des Magooya ihn hierherbegleitet hatte.

»Na!« rief Sarah Jane. »Kein Wunder, daß du ein bißchen sonderbar bist! Es ist wirklich ein widerliches Geschöpf! Dagegen kommt man nur zu zweit an.« Und da sie zu zweit waren und zudem das Feuer für Wohlbehagen sorgte, rollte sie sich in ihrem Schutz aus Rinde wieder zusammen. Es war das erste Mal, daß sie ein Feuer ganz für sich allein bekommen hatte.

Der Junge begab sich zurück an sein eigenes Feuer. Die zwei winzigen Feuer unter den dunklen, zerfetzten Ästen, in denen sich Sterne verfangen hatten, wurden nach und nach schwächer.

»Vielleicht«, sagte der Junge beiläufig, »gehe ich bald nach Süden.«

»Nur zu. Und keine Eile.«

»Ich hab's gesehen – du warst unterwegs nach Norden.«
»Papperlapapp«, sagte Sarah Jane.
Am Morgen begrub der Junge die Feuer und verstreute welkes Laub über den Platz. Sarah Jane rollte die Rinde auf und band sie mit ihren Strümpfen zusammen, denn sie war weich, warm und leicht zu tragen, und noch einen solchen Baum fanden sie vielleicht nicht. Sie betrachtete ihre Schuhe: Früher hatte sie so gut wie nie Schuhe getragen, und ihre Füße waren jetzt schon wieder viel robuster. Sie stopfte die Schuhe tief in die mit Farn bewachsene Böschung.
»Ein, zwei Tage lang wandern wir den Fluß rauf«, sagte der Junge. »Vielleicht kehrt dieser Magooya dann ja in sein Land zurück.«
Für den Fall, daß der Sträfling noch in der Nähe war, liefen sie zuerst eine weite Strecke nach Westen. Sie hielten häufig an, um zu lauschen: auf Soldaten oder Schwarze mit Speeren, auf die Äxte von Männern, die Zedern fällten, oder auf das Bellen von Hofhunden. Wann immer der Junge Sarah Jane warnte, leise zu sein, nickte sie ernst und fuhr mit Erzählen fort, von ihren Eltern und Reverend Jenkins, von Captain Allens Haus, von der Köchin, von der Soßenschüssel und davon, wie sie weggelaufen war. Er schien alles zu verstehen.
»Wie heißt du?« fragte sie, denn sie hatte ihm gesagt, wie sie hieß, und ein-, zweimal hatte er sie S'Jane gerufen.
»Irgendwann verrate ich es dir vielleicht«, sagte er abweisend. »Nenn mich . . .« Und er sprach ein rollendes Wort, das Sarah Jane nicht verstand.
»Das tu ich nicht«, erwiderte sie, »denn es ist gar nicht dein richtiger Name.«

Er wußte nicht, wie er ihr begreiflich machen sollte, daß Namen geheim waren. Da er es nicht erklären konnte, sah er sie bloß mißmutig an.
»Ach was«, sagte Sarah Jane schnell für den Fall, daß er davonlaufen wollte und sie allein ließ. »Ich nenne dich Junge. Wozu brauchen wir Namen, wo es nur uns beide gibt – einen Jungen und ein Mädchen?«
Sie wandten sich mit dem Fluß nach Norden. Er führte sie durch einen grünen Tunnel von Buschwerk, fernab von Höfen und Äxten. Doch Sarah Jane stellte fest, daß der Junge weiter auf Geräusche horchte. »So weit draußen gibt es keine Aufseher«, sagte sie freundlich zu ihm. »Wenn keine Forscher unterwegs sind, können hier nur deine eigenen Leute sein.«
Er warf den Kopf in den Nacken. »Will ich mich von einem Speer durchbohren lassen?«
Sie sah ihn mit großen Augen an. »Ein kleiner Junge wie du? Es müßten schon widerwärtige Wilde sein. Warum sollten sie dich töten?«
»Ich habe Teufelsaugen, etwa nicht?«
»Nein«, sagte sie rundheraus. »Du hast die gleichen Augen wie ich.«
Er nickte. »Teufelsaugen.«
Sarah Jane zog die Nase schief. Sie war rot von der Sonne, ihr Unterrock war zerrissen, und abgeknickte Zweige hatten sich in ihren Haaren verheddert. Stolz sagte sie: »Der König hat auch blaue Augen. Aber ein kleiner Eingeborener weiß so was wohl nicht.« Er war wütend und warf einen Stein, lief aber nicht weg.
Für einige Tage schlugen sie ihr Lager am Fluß auf, horchten nachts auf Geräusche vom Magooya und hofften, daß das Heim-

weh ihn den Fluß hinauf fortgelockt hatte. Der Ehrfurcht einflößende Urwald nährte sie mit Früchten, Samen, Wurzeln, Honig und mit kleinen Springmäusen, die sie im Feuer rösteten. Manchmal schien es, als machte der Junge Feuer, bloß indem er mit den Händen über das Reisig strich, und wenn er den Rauch verbergen wollte, breitete er nur die Hand darüber aus, und sofort erstarb er. In seichten Wasserlöchern fanden sie Krebse und Muscheln, aber noch hatte der Junge keine Rute zum Angeln angefertigt.

»Schau«, neckte er sie, als sie am Ufer eines tiefen Wasserlochs lagen. »Da warten deine Fische.«

Sarah Jane lachte leise. »Kleine, junge. Die großen sitzen im Dunkeln unter den Baumwurzeln.«

Er warf ihr einen glühenden Blick zu. »Mach schon.«

Sie zog ihr Kleid und ihren Unterrock aus. Ihre Schürze lag weit weg in einem fernen Sumpf, ihre Haube hing in irgendeiner Kletterpalme. In Unterhemd und Schlüpfer glitt sie in das Wasserloch, und ihre wellenförmige Unterwassergestalt trieb auf die Baumwurzeln zu. Da geriet das Wasser plötzlich in Aufruhr. Von ihren nassen Haaren eingehüllt, tauchte Sarah Jane wieder auf und hielt eine große Seebarbe bei den Kiemen gepackt.

»Wer hat dir schwimmen beigebracht?« fragte er neidisch, denn er bekam meist nicht mal eine auf dem Wasser schwimmende Ente bei den Füßen zu fassen. Selbst sein Großvater war nicht imstande gewesen, in tiefem Wasser einen Fisch mit der Hand zu fangen.

Sarah Jane wechselte die nassen Kleider gegen trockene, während der Junge den Fisch erschlug und ausnahm. »Schwimmen?« sagte sie. »Ich kann bloß ein bißchen im Wasser rumkraulen. Früher habe ich mich vor Wasser gefürchtet . . . bis . . .«

»Bis wann?«

»Lieber Himmel, keine Ahnung. Vermutlich bis ich hungrig genug war, um rohen Fisch zu essen.«

Sie trocknete ihre Haare am Feuer, während der Fisch auf heißen Steinen briet. Der Junge drehte ihn mit einem grünen Zweig um.

»Woher hast du die Narbe am Arm?« fragte sie ihn. »Die komische gelbe. Ich habe schon mal gefragt, aber du willst nicht heraus mit der Sprache.«

»Es ist ein Brandmal«, sagte er kurz angebunden. Aber später, als sie in der Dunkelheit unter ihren Rindendächern lagen, erzählte er ihr, wie er ins Reich des Feuers gestolpert war – wie er in dessen goldenes Auge geschaut hatte und doch lebend davongekommen war.

»Es hat dir Macht über Feuer verliehen«, flüsterte Sarah Jane. »Mit Feuer kannst du alles tun. Das habe ich mit eigenen Augen gesehen.«

Es war mehrere Nächte später, als Sarah Jane aufwachte, einen frischen Holzscheit auf ihr Feuer legte und kaum merkbare geheime Bewegungen in der Nähe ihres Lagers wahrnahm. Sie schaute in die Dunkelheit: Da bewegten sich Schemen. Vor Angst zuckte ihre Hand, und das Feuer ließ einen Flammenstrahl hochsteigen. Sie sah Augen, behaarte Rücken und lange behaarte Arme. Zitternd streckte sie eine Hand nach dem Jungen aus und schüttelte ihn.

»Der Magooya! Viele!«

»Sch!« flüsterte der Junge. »Sei still. Nicht reden.« Ganz leise

langte er nach weiteren Zweigen und schürte die beiden Feuer, bis sie aufloderten.
Die Flammen tanzten hoch und fielen wieder in sich zusammen. Die dunklen Schemen kamen erneut angeglitten und nah herbeigesprungen. Ihre Augen waren alt, traurig und wissend. Sie hatten kurze Beine und runde Köpfe auf behaarten Schultern. Dann waren sie fort, verschwunden, während eine Flamme erstarb und eine neue aufloderte.
»Es ist nicht der Magooya«, sagte der Junge noch immer leise. »Behaarte. Morgen gehen wir weg von hier.«
Sie schliefen ein, wachten wieder auf und hielten die Feuer am Lodern. Am Morgen durchquerten sie den Fluß und wanderten nach Norden.

3

Was sind das für Leute, die Behaarten?« fragte Sarah Jane.
Der Junge antwortete nicht. Er machte sich Sorgen wegen des Lands im Norden, das vor ihnen lag und wohin ihn sein Großvater niemals mitgenommen hatte. Er würde dort ein Fremder sein, und das war gefährlich: weder die Menschen zu kennen noch die Geister, noch die Gewässer. Aber im Südosten lagen die Siedlungen der Weißen, die Sarah Jane fürchtete, und im Westen war der Berg des Feuers, wo die Männer Jagd auf den Jungen machten. Nach Norden war der einzige Weg, der in Frage kam.
Sarah Jane stupste ihn mit dem Ellbogen. »Was also? Sicher irgendwelche bösen Geister.«
Der Junge warf den Kopf in den Nacken und rieb sich die Rippen. »Sind sie nicht! Sie sind, was das Wort besagt – sie sind behaart und leben wild im Busch.«
Sarah Jane war überrascht. »Deine Leute leben doch auch wild im Busch, aber von ihnen war kein einziger behaart!«
Der Junge fuhr sie an: »Weiße Teufelin! Meine Leute sind keine Wilden!« und rannte durchs Gestrüpp davon.
Sarah Jane raffte ihr zerrissenes Kleid zusammen und lief ihm nach. »Komm zurück! Ich habe ja gar nicht behauptet, daß deine Leute behaart wären! Ich habe bei ihnen gelebt, und sie haben

sich um mich gekümmert, und keiner von ihnen war wild und behaart! Komm zurück, dummer Junge!«

Er kam nicht zurück, aber im Schlamm und Laub waren seine Fußabdrücke deutlich zu sehen. Sie fand ihn unter einem Geebungbaum. Er hockte unter den herabhängenden Zweigen und aß die kleinen grünen Früchte.

Sarah Jane steckte sich die Daumen in die Ohren und wackelte mit den Fingern in seine Richtung. »Ich hab doch gesagt, daß deine Leute *keine* behaarten Wilden sind! Und das sind sie wirklich nicht. Ich muß es ja wohl wissen, wo ich bei ihnen im Urwald gelebt habe.« Sie rupfte einen Zweig mit schwarzen Beeren von einer Ranke, die sich zwischen Geebungästen wand.

»Gar nichts weißt du«, fauchte der Junge.

»Ach ja? Dann kannst du mir sicher sagen, wie der König heißt? Und wie viele Pennies ein Pfund hat? Und wie man Sauerteig ansetzt?«

»Ich kann dir sagen, daß du sterben wirst, wenn du diese Beeren da ißt! Oder zumindest wirst du schlimme Bauchschmerzen bekommen.«

»Papperlapapp«, sagte Sarah Jane und warf die Beeren weg. »Letztes Mal hast du gesagt, sie wären eßbar.«

»Das hier ist ein anderer Strauch – andere Blätter! Siehst du das denn nicht?«

Für den Fall, daß er wieder auf die Idee verfiel wegzulaufen, sagte sie nur: »Da gibt's noch die hier«, und fing an, herabgefallene Geebungfrüchte aufzusammeln. Es lagen jede Menge von ihnen herum. Es dauerte lange, das wenige süße Fruchtfleisch von den Früchten abzunagen. Also riß sie einen Streifen von ihrem Kleid ab und knotete ihn zu einem Beutel, um welche mitzunehmen. Die ledriggrünen Geebungfruchthäute ausspuckend und die Samenkörner kauend, setzten sie ihren Weg nach Norden fort.

»Sind sie ein Geheimnis, diese Behaarten? Warum habe ich nie was über sie gehört?«

»Sie verstecken sich. Sie sind anders, eine ältere Menschenart. Normalerweise bekommen wir sie nicht zu sehen. Vielleicht wissen die Weißen gar nicht, daß es sie gibt. Sie leben an unfreundlichen Orten in den Bergen, und nur in der Nacht kommen sie herunter zu den guten Plätzen, um Nahrung zu suchen. Wir bleiben zum Schutz vor bösen Geistern bei unseren Feuern, also kriegen wir sie nicht zu Gesicht.«

»Ihnen machen böse Geister also nichts aus! Sprechen sie?«

Der Junge schien unsicher. »Meist schweigen sie still . . . Sie geben Laute von sich, aber anders als sprechen.«

»Werden sie uns etwas antun? Sind sie bösartig?«

Der Junge nahm eine Handvoll Geebungfrüchte und zog die Stirn kraus, während er sich eine Antwort überlegte. Schließlich sagte er: »Wenn man sich still verhält und nicht hinsieht, tun sie einem normalerweise nichts und halten sich fern. Ab und zu werden sie frech – legen einen herein oder jagen einen. Wenn sie böse werden, wüten sie wie Hunde. Sie könnten dich in Stücke reißen.«

Sarah Jane zitterte bei der Erinnerung an die gebeugten Schemen im Schein der Flammen. »Mit ihren kurzen Beinen, ihren herabhängenden Armen und halslosen Köpfen sehen sie jedenfalls ganz anders aus als Menschen.«

»Vielleicht liegt es an ihrer Haltung«, sagte der Junge. Er ließ die Schultern vornüber sinken, beugte die Knie und reckte das Kinn vor.

»Haargenau!« rief Sarah Jane. Sie wanderten weiter nach Norden, wobei sie Geebungfrüchte kauten und die Behaarten nachahmten.

Als das grüne Waldlicht dunkler zu werden begann, hielt der Junge über einen Hang auf eine Bergspitze zu. Er horchte auf Geräusche von einem fremden Lager und schnupperte in der Luft nach Kochgerüchen, aber da war nichts von beidem. »Hier kampieren wir«, sagte er und machte zwischen Felsen auf dem Berghang halt.

Sarah Jane protestierte. »Bei diesen Felsen als Unterlage sind wir bis zum Morgen schwarz und blau gefroren. Und das Wasser ist ganz da unten.«

»Du hast doch keine Ahnung«, antwortete der Junge, denn er hatte das Wasser noch nicht entdeckt und wollte es sich nicht von einer jungen Weißen sagen lassen. »Hierher werden die Behaarten nicht kommen. Im Dunkeln nehmen sie den leichten Weg den Hang runter.« Er machte sich daran, dünne, belaubte Zweige von jungen Bäumen abzubrechen und sie als Nachtlager auf die Felsen zu packen.

Sarah Jane half ihm nicht dabei, lief aber hinunter in den Wald, um das Wasser zu suchen. Sie konnte es spüren – ein Gefühl der Ruhe und Stille, das ihr fast wie Musik vorkam.

Sie entdeckte das Wasser zwischen Lilly-Pilly-Bäumen in einer vom Regen ausgewaschenen Mulde: ein großes Wasserloch, in das ein silberner Wasserstrahl hineinplätscherte. Es war voller Wasserlilien; ihre geschlossenen Blüten reckten sich auf den Stielen in die Höhe, und ihre Blätter schwammen auf dem

Wasser. Die gut schmeckenden saftigen Stiele und Wurzeln lagen unter der Wasseroberfläche. Sarah Jane lief hin, um welche zu sammeln. Sie befand sich gerade unter den Lilly-Pilly-Bäumen, als plötzlich scharfe Geräusche aus den Ästen über ihr ertönten.

Krck! Krck-krck!

Sarah Jane klopfte das Herz, und ihre Knie zitterten, weil sie mit dem Magooya allein war. »Tyrann!« rief sie. »Gräßliches Geschöpf! Klingeling! Krach-Radau!« Sie konnte bloß das Wasserloch und die Bäume ausmachen.

Krck! Krck!

Das Geschöpf war hinter ihr: Sie drehte sich um und rang nach Luft. Etwas, das aussah wie ein Mensch, tappte auf sie zu. Es war baumgroß, alt, hager, wild und weiß wie Nebel. Es tappte blindlings einher, weil es kopflos war. Sarah Jane kreischte: »Butterfaß!« und stürmte ins Wasserloch.

Das Wasser reichte ihr bloß bis zu den Knien. Die bösen scharfen Geräusche ertönten rund um das Wasserloch – *Krck-krck! Krck! Krck!* –, aber das schreckliche Geschöpf kam nicht näher.

Dann war der Junge da. Er hielt Feuer in den Händen und rief gebieterische Worte. Die Geräusche verstummten, und das gräßliche Wesen war verschwunden. Mit nun leeren Händen lief der Junge zu ihr ins Wasser.

»S'Jane! Der Magooya!«

»Er – er ist nicht zurückgekehrt in sein Land.« Sarah Janes Stimme zitterte, und der Junge schaute sie besorgt an. Sie bückte sich, um ein paar Wasserlilienstiele herauszuziehen – sie wollte sich nicht anmerken lassen, daß sie Angst hatte, schließlich war sie älter als er. Als der Junge sie weiter musterte, suchte sie mit den Zehen den Schlick nach dicken Wasserliliensprossen ab und zog einige hoch. Der Silberring an ihrer Hand funkelte durch den Schlamm hindurch.

»Du solltest ihn an einer Kette um den Hals tragen«, sagte der Junge. »Er könnte im Wasser abgehen.«

»Keine Bange«, sagte sie scharf. Ihre Stimme hatte aufgehört zu zittern, also fügte sie hinzu: »Er wird nicht abgehen, sowenig wie deine Narbe«, und tastete wieder durchs Wasser.

»Ich gehe«, sagte der Junge. »Oben in den Felsen wird es Eidechsen geben.« Patschend verließ er das Wasserloch.

Sarah Jane dachte, er wäre beleidigt, und das tat ihr leid, wo er ihr so schnell zu Hilfe gekommen war. Sie sammelte weiter Stiele und Sprossen. Doch als sie später zusammen kochten und die Eidechsen brieten, erzählte sie dem Jungen von der riesigen Welle, dem großen weißen Fisch und dem Ring in der Felsmulde. Er hörte ernst zu, nahm die Eidechsen vom Feuer und legte grüne Blätter darauf, um die Moskitos fernzuhalten. In Zukunft würde er nicht mehr schmollen, wenn Sarah Jane Wasser fand und Fische fing.

»Was ist das da für eine Eidechse neben deinem Fuß?« fragte sie. »Sieh mal, die kleine mit dem roten Streifen? Sie läuft zum Feuer.«

»Eine Feuereidechse«, sagte der Junge, obwohl er es nicht wußte. Die Eidechse war ihm so fremd wie das ganze übrige Land.

Sie unterhielten sich über die Behaarten, daß sie zu Kindern vielleicht böser waren als zu Erwachsenen. Danach sprachen sie über den Magooya.

»Es ist wirklich schlimm, wenn man ganz allein mit ihm ist«, gestand Sarah Jane. »Aber er ist schnell verschwunden, als du kamst. Ich würde gern wissen, was er will.«

»Ich wüßte gern, was ihm zuwider ist, was er haßt«, sagte der Junge. »Weiter im Norden wird es böse Geister geben, die sich mit Fug und Recht dort aufhalten. Vielleicht schicken sie den hier nach Hause.«

Ungezählte Tage wanderten sie weiter nach Norden. In dem unbekannten Land geschah den Fremden kein Leid. Flüsse flossen grüne Blättertunnel hinab, und Sarah Jane lernte von dem Jungen, nach einem zitternden Ast, einer Rauchsäule, davonspringenden Känguruhs oder plötzlich auffliegenden Vögeln Ausschau zu halten. Des Nachts schwirrten fremde Geister ums Feuer.

»Sieh nicht hin, S'Jane! Sieh nicht hin!«

»Danke bestens«, sagte Sarah Jane mit fest geschlossenen Augen. Aber die Nebelfrauen und kleinen bösen Männer schauten bloß nach ihnen und schwebten davon. Auch die schwarzen Menschen ließen sich nicht blicken. Hin und wieder stießen die Kinder auf frische Fährten, rochen Essen oder hörten Stimmen, aber nie bekamen sie die Leute zu Gesicht.

Das lag daran, daß die Schwarzen ihrerseits die Kinder mieden. Aus dem Süden waren Geschichten von zwei Teufelskindern mit blauen Augen heraufgedrungen, die zusammen unterwegs waren: von einem Jungen, der lebend dem geheimen Sitz des Feuers entkommen war, und von einem Mädchen, das sich in eine Teufelin verwandelt hatte und über eine Klippe geflohen war. Wohin immer die Kinder gingen, die Geschichten eilten ihnen voraus. Die Schwarzen fürchteten sich. Sie hielten Ausschau nach Spuren und Feuern, hörten manchmal Kinderstimmen und gaben die Nachricht an Freunde und Verwandte weiter.

Bald schien es dem Jungen, daß S'Jane und er durch den Wind gestrauchelt waren und sich in die Zauberwelt jenseits davon verirrt hatten – in eine Welt, die ihnen allein gehörte, in der die einzige Bedrohung Schlangen, giftige Beeren oder Behaarte waren, ohne jedwede Gefahr, von den eigenen Leuten gejagt zu werden.

Auf der einen Seite Berge, auf der anderen das Meer, wanderten sie weiter. Die Wälder nährten sie mit Lilly-Pilly-, Hibiskus- und Palmenschößlingen, Samen, Wurzeln und Honig, Eidechsen, Vögeln und kleinen Pelztieren. In den Sümpfen fanden sie Vogeleier, Wasserliliensprossen und Fische. Sie kampierten an freundlichen Plätzen, bis ihnen der Sinn nach einem neuen Ort stand – oder bis sie nachts das Knurren und Rufen von Behaarten hörten und der Junge sagte: »Sieh nicht hin, S'Jane. Schau ins Feuer.« Dann zogen sie am Morgen darauf weiter.

Die Tage rannen wie Sand durch ihre Finger. Es gab Tage voller Regen, der in den Blättern zischelte, an denen sie unter einem Dach aus Zweigen das Feuer des Jungen fast trocken hielt; es gab Sturmtage, an denen sie unter Felsen Schutz fanden; Tage, an denen der Wald vom Wind gepeitscht wurde und ächzte und die Kinder in die Äste kletterten, um sich zum Spaß hin und her schütteln zu lassen.

»Nicht den, S'Jane. Siehst du nicht, daß er brechen könnte?«

An heißen, schwülen Tagen suchte Sarah Jane Wasserlöcher zum Planschen, und an kalten Tagen kuschelten sie sich in Haufen welken Laubs. Manchmal hörten sie das Meer. Sarah Jane wollte hinlaufen, aber der Junge meinte, dort gäbe es zu viele Leute.

»Deswegen bin ich fort von dort«, gestand sie. »Und wegen dem Fisch. Rohe Wurzeln schmecken besser als roher Fisch.«
Es gab Wochen voller Regen, in denen die Flüsse über ihre Ufer traten und in den Wald hochkrochen. Die Kinder wanderten nach Westen in die Berge. Kahle Hänge ragten über den Bäumen auf, und hohe, erhabene felsige Vorgebirge wachten über das Land. Als sie in ein trockenes Flußbett kletterten, fanden sich die Kinder plötzlich inmitten einer Gruppe schwarzer Männer mit Speeren wieder. Sie standen wie erstarrt da, die Männer aber stießen Rufe aus und liefen weg.
Sarah Jane knickten vor Schreck die Beine ein. Doch als sie dann im Farn kauerte, mußte sie plötzlich lachen. »Warum sind *sie* weggelaufen?«
»Teufelsaugen«, sagte der Junge kurz angebunden und verärgert, weil er nicht auf der Hut gewesen war. »Morgen werden sie uns jagen.« Er sah Sarah Jane an. In ihrem Gesicht, das jetzt fast so dunkel war wie seins, leuchteten ihre blauen Augen. Ihr Kleid und ihr Unterrock waren zerfetzt und faulten in fernen Wäldern vor sich hin. Jetzt trug sie das Wallabyfell, das er ihr gegeben hatte, nachdem er das Tier erlegt hatte. Nur der Silberring unterschied sie voneinander – der Ring und ihr helles, wirres Haar. Hin und wieder schnitt sie sich mit seinem Messer die Haare oder sengte sie sich mit einem Kienspan ab, aber bloß, weil sie sich in Zweigen und Lianen verfingen. Denn er hatte ihr nicht gesagt, daß auch lange Haare ein Teufelsmerkmal waren.
An jenem Abend machten sie kein Feuer, sondern aßen die Nahrung roh, dafür jagte sie aber niemand. Trotzdem war der Junge unruhig. Er dachte daran, daß er hier ein Fremder war. Sie

waren so weit nach Norden vorgedrungen, daß die Schatten anders fielen.

Am nächsten Tag ließen sie sich oberhalb gewundener Täler von Berg zu Berg leiten. Aus dem Gebirge flossen kleine Bäche in die Flüsse an der Küste. An diesem Tag erlegte der Junge mit dem Wurfholz vier dicke Wongatauben. Es war ein Festtag.

Später kamen sie durch dunklen Wald zu Felsen, die hoch in den Himmel ragten, und einem sonnenbeschienenen Bach, der in ein Wasserloch in einer schattigen Senke floß. Nachdem sie im Wasser geplanscht und Sarah Jane sich die Haare entwirrt hatte, woben sie Zweige zu Schutzdächern für die Nacht. Der Junge machte Feuer, und Sarah Jane umhüllte die Tauben mit feuchtem Lehm aus dem Wasserloch. In der Dämmerung saßen sie am Feuer, während die Tauben in ihren festen Erdhüllen brieten.

»Die Feuereidechse ist gekommen, schau«, sagte Sarah Jane. »Was frißt sie, weißt du das? Tauben vielleicht?«

»Sie frißt Feuer«, sagte der Junge kurz angebunden, weil er auch das nicht wußte. Er nahm einen Stock und holte zwei von den Tauben aus dem Feuer. Als die Hüllen ein wenig abgekühlt waren, brachen die Kinder sie auf. Ein wunderbarer Duft stieg hoch.

Die Vögel kamen fein säuberlich aus ihrer Ummantelung, ihre Federn blieben in der Lehmhülle zurück. Sarah Jane hatte sich an nur leicht gegartes Fleisch gewöhnt und aß mit ebenso großem Appetit wie der Junge. Sie leckten sich die verbrannten Finger, nagten knirschend die kleinen Knochen ab und hörten darüber das Rascheln im Dunkeln nicht. Sie holten gerade die zwei anderen Tauben in ihren Erdhüllen aus dem Feuer, als sein flackernder Schein auf rötlichbraune, behaarte Leiber und ernsthafte, beschattete Augen fiel. Sie spähten die Kinder aus dem Dunkel an. Der Duft nach Gebratenem hatte die Behaarten angelockt. Sie standen am Rand des Feuerscheins und beobachteten sie schweigend.

Der Junge zischte eine Warnung, aber Sarah Jane war zu entsetzt, um auf ihn zu hören. Mit einer erschreckten Bewegung griff sie eine von den Tauben in der gebackenen Erdhülle und schleuderte sie auf die Behaarten.

Sie merkte gar nicht, daß sie sich daran die Hand verbrannte. Vielleicht fügte sie auch einem der Behaarten eine Brandverletzung zu: Einer heulte auf – vielleicht vor Schmerzen. Dann setzte ein Chor aus wütenden Schreien und Rufen ein. Der Kreis aus Behaarten bewegte sich näher. Lippen verzogen sich zu einem Knurren, weiße Zähne blitzten auf.

»Lauf!« zischte der Junge. »Bist du taub?«

»Wohin denn! Wir sind umzingelt!«

Die behaarten Leiber wogten näher und schlossen den Kreis enger. Der Junge wölbte seine Hände übers Feuer und ließ es hoch emporlodern. Über dem wütenden Geschrei und Geheul ertönte ein anderes Geräusch: *Krck! Krck! Krck!*

Der Magooya war da. Im Schein des Feuers ragte drohend ein Ungeheuer mit Schwanz und plumpem Kopf auf, den es auf seinem schlangenähnlichen Hals hin und her wiegte. Es stierte mit seinen roten Augen und schlug mit seinem großen Schwanz. Die Behaarten wichen zurück und schrien auf, sie schienen dieses Wesen zu kennen und sich vor ihm zu fürchten.

»Lauf endlich!« zischte der Junge, und die Kinder rannten los. In der Dunkelheit des Waldes verfingen sie sich in Zweigen, stolperten über Wurzeln und Ranken und landeten in Farn. Noch

immer hörten sie das wütende Knurren und Geheul der Behaarten näher kommen.
»Ein Baum! Wir müssen raufklettern!«
»Im Klettern sind sie schneller. Bäume sind für sie wie sicherer Boden.«
Sarah Jane stolperte über eine Wurzel und fiel hin. »Sollen sie mit uns machen, was sie wollen«, keuchte sie. »Ich kann nicht mehr.«
Der Junge stieß einen Schrei des Entsetzens aus, denn die Behaarten waren überall um sie her, und die Dunkelheit schien voll fremder böser Geister. Er packte Sarah Jane. *»Steh auf,* S'Jane. Sie sind wütend.«
Sie hielt sein Handgelenk fest und rief: »Laß das! Hör doch!«
Der Kopf des Jungen ging hin und her. »Was? Wo?«
Sarah Jane konnte nicht antworten. Sie fühlte bloß – durch die Erde hindurch, auf der sie saß – eine tiefe, sichere Stille. Von oben ertönte Geheul: Ein Behaarter war auf einen Felsen oder einen Baum geklettert. Der Junge drehte sich um und wollte weglaufen. Sarah Jane rappelte sich hoch und rief: »Hier lang!«
Er folgte ihr, weil es egal war, welchen Weg sie einschlugen. Sie rannten, horchten und krochen unter dem Knurren und Rufen der Behaarten einen Hang hoch. Kurz hielten sie an, um zu verschnaufen. Da fühlte selbst der Junge die Stille. Sie folgten ihr über die Kuppe den anderen Hang hinunter und gelangten durch Wald auf offenes Gelände. Unten lag ein See.
Er war von Bäumen umschlossen und bis auf das leise Quaken kleiner Frösche sehr still. Das dunkle Wasser fing die Sterne auf und hielt sie fest. Sie lagen wie Juwelen auf dem Wasser, zitterten und erstarrten. Die Kinder sahen es, gefangen von der

Stille, staunend an. Wieder zitterten die hellen widergespiegelten Sterne und erstarrten.
»Das Wasser atmet«, flüsterte Sarah Jane. »Es schläft. Hier sind wir sicher.« Die Sterne zitterten, das Wasser hob und senkte sich heimlich.
»Komm da weg«, sagte der Junge. Aber Sarah Jane blieb, wo sie war – denn sie trug den Silberring. Die Frösche sangen, Sterne funkelten, leise stieg und fiel das Wasser. Sarah Jane kniete sich hin und legte ihre Hand an den Rand. Das Wasser spülte sanft über ihre Finger und fiel wieder.
Der Junge zog sich zurück. Nach einer Weile rollte er sich im welken Laub unter Lilly-Pilly-Ästen zusammen und schlief ein. Sarah Jane blieb an ebender Stelle liegen, wo das schlafende Wasser fiel und stieg und ihre Hand berührte.
Die ganze Nacht hindurch teilte sie seine Träume. Sie trugen sie tief in Höhlen hinein und hoch in Wolken hinauf, ließen sie Wasserfälle hinunterpurzeln und wuschen sie in den Wellen des Meeres, versteckten sich mit ihr in den Adern eines Blatts und in den geheimen Flüssen, die unter Wüsten dahinflossen. Sie zeigten ihr Wassergärten mit glasklarem Wasser tief unter der Erde, in denen grüne Pflanzen hin und her wogten und Höhlenfische herumschwammen. Seidenartige Vorhänge aus Kraut verbargen die Skelette uralter Ungeheuer – und viele andere Dinge mehr.
In der Nacht kamen die Behaarten, so wie sie oft den Schlafenden See aufsuchten. Sie sahen die Kinder dort schlafen, standen mit ihren langen, behaarten, lose herabbaumelnden Armen da und betrachteten sie mit ihren tief zwischen Falten eingebetteten Augen. Dann gingen sie leise fort.

Als die Kinder aufwachten, beschien die Sonne die Baumwipfel, und Zikaden zirpten über dem See. Himmel und Baumwipfel spiegelten sich darin und zitterten, sowie sich das Wasser hob und senkte. Eine Feuereidechse sonnte sich auf einem Blatt. Sarah Jane schöpfte sie in ihre Hände. Sie biß ihr in den Finger, und sie ließ sie auf die Schulter des Jungen fallen. Die Feuereidechse hastete über seinen bloßen Rücken zu seinem Lendengurt. Der Junge wand sich, zum Teil, weil die Eidechse ihn kitzelte, zum Teil vor Unbehagen. Er wußte, er war hier ohne Rechte, denn der Ring gehörte Sarah Jane, und die hohen Felsen der Behaarten waren nah.

»Komm weiter, S'Jane, ich sterbe vor Hunger.«

Sie gingen nach Osten, überließen die Berge den Behaarten und sammelten im Gehen etwas zu frühstücken. Sie spielten Verstecken und bewegten sich dabei wie Schatten. Der Junge spürte gerade Sarah Jane nach, die sich vielleicht durch Laubrascheln oder das Aufscheuchen eines Vogels verraten würde, als er von einem anderen Geräusch aufgeschreckt wurde.

Es drang schallend und widerhallend von einem Fluß herauf: das Geräusch von Äxten der Weißen.

Der Junge witterte sofort Gefahr. Leise rief er: »S'Jane!«, und sie kam den Hang hochgerannt, weil auch sie es gehört hatte. Ehe sie etwas sagen konnte, packte er sie am Arm und zog sie über die Kuppe hinweg auf den Hang an der anderen Seite.

»Was haben sie hier verloren?« fragte sie und zog ihren Arm weg. »Gibt's da Aufseher und ein Lager?«

»Kann sein.«

»Unsinn. Davon war nie die Rede. Es sind wahrscheinlich deine eigenen Leute.«

»Sei vernünftig, S'Jane«, fuhr der Junge sie an, denn sie kannten beide den rhythmischen Klang, der ertönte, wenn zwei Weiße mit ihren Äxten bei der Arbeit waren.

»Dann sind es Männer von irgendeinem Schiff«, erklärte Sarah Jane. »Sie sind über Bord gesprungen und an Land geschwommen.«

»Klar, mit der Axt um den Hals«, spottete der Junge und fügte hinzu: »Hierher kommen keine Schiffe.«

»Du meine Güte, bei Unwettern stranden sie sonstwo. Von Schiffen verstehe ich ja wohl mehr als du. Mein Vater ist schließlich mit dem Schiff hergekommen.«

Wieder kampierten sie ohne ein Feuer und rollten sich in Betten aus welkem Laub zusammen. Der Junge sagte: »Es ist Zeit zu gehen.«

»Zu gehen?« rief Sarah Jane. »Wohin? Und wozu überhaupt?«

»Nach Süden«, sagte der Junge. »Um meinen Großvater zu begraben.«

4

Sarah Jane setzte sich jäh auf und verstreute dabei welkes Laub. »Deinen Großvater begraben? Warum? Ist er tot? Wie kommst du darauf?«

Der Junge war verdrießlich. »Sicher ist er tot. Er war schon tot, bevor du aufgetaucht bist.«

»Aber jemand muß die arme Seele doch begraben haben? Wo hast du ihn zurückgelassen?«

»In einem hohlen Baum«, murmelte der Junge. Sarah Jane fand, daß er sich zu Recht schämte, doch er fügte hinzu: »Ich konnte ihn nicht die Äste hochschaffen. Aber ich habe die entsprechenden Zeichen angebracht.«

Sarah Jane war aufgebracht. »So was hab ich ja noch nie gehört! *Meine* Eltern wurden anständig begraben, bevor ich zu Mistress Allen gekommen bin. Mit Blumen und allem, und von Reverend Jenkins. Das sage ich dir, ich könnte nicht wie ein Spaßvogel durch den Busch streifen, wenn meine Eltern nicht ordentlich begraben wären. Es ist nicht richtig!«

Die Augen des Jungen funkelten. »Du hast keine Ahnung, was richtig ist! Mein Großvater hat mich gelehrt, was richtig ist, und ich tue, was er mir aufgetragen hat! Er war der beste Mensch, den es je gegeben hat.«

»Das waren meine Mutter und mein Vater auch!« schrie Sarah

Jane. Sie schrie, weil ihr jene Zeit so lange her vorkam. Mürrisch schweigend aßen sie Yamswurzeln. Schließlich murmelte Sarah Jane: »Es tut mir leid, daß dein Großvater gestorben ist.«

»Er war alt«, sagte der Junge und ließ seinen stolzen Kopf hängen.

»Wie lange sollte er in dem Baum bleiben, hat er das gesagt?«

»Bis nur noch seine Knochen da sind. Zwei Jahre, vielleicht auch drei.«

»Zwei oder drei Jahre lang ziehen wir schon umher?« rief Sarah Jane. »Wir sind gar nicht gewachsen!«

Der Junge schaute stirnrunzelnd und beklommen ins Feuer. »Wir sind weit gelaufen. Wir müssen umkehren und dann nach Süden wandern.« Sie waren einen so weiten Weg gekommen und durch so viele Länder, daß er nicht sagen konnte, wie weit es bis dorthin sein mochte.

Tags darauf wandten sie sich nach Süden. Eine Feuereidechse glitt über das Messer des Jungen. »Vielleicht hält sie den Magooya fern«, sagte er.

»Wer's glaubt, wird selig«, erwiderte Sarah Jane scharf. »Aber ich weiß, was er nicht ausstehen kann, der See hat es mir erzählt. Du hast gesagt, du wüßtest es gern.«

»Habe ich nicht gesagt.«

»Doch . . . früher mal. Wasser kann er nicht ausstehen.«

Mißtrauisch sagte er: »Feuer genausowenig.«

»Blödsinn. Feuer besänftigt ihn, aber Wasser haßt er. Wasser ist so gewaltig, jeder würde es fürchten.«

»Du nicht. Du trägst den Ring.«

Sarah Jane lachte. »Das kleine Ding? Dafür ist Wasser zu gewaltig.«

Sie blieben in den Bergen, weil der Junge meinte, sie seien leichter zu durchqueren als die Sümpfe und Flüsse an der Küste. Er wirkte besorgt, lauschte auf das Geräusch von Äxten und behielt die Schatten im Blick. Anders als vorher wollte er nicht an guten Plätzen bleiben. Das mochte auch der Grund sein, warum sie keine Behaarten mehr zu sehen bekamen. Vielleicht horchten aber auch sie auf Äxte und ließen die Kinder ziehen.

Die Tage gingen, naß oder stürmisch, heiß oder kalt, ungezählt dahin. Von Erhebungen aus sahen sie im Osten das Meer schimmern und im Westen blau überschattete Ebenen, und in Wäldern loderten Buschfeuer. Im Schein des Feuers auf windigen Berggipfeln erzählte der Junge von seinem Großvater, während Dingos in der Dunkelheit heulten.

»Er hat mich zu sich genommen, als ich noch ganz klein war. Sie hatten mich den bösen Geistern und den Dingos ausgesetzt. Aber er sagte, meine Augen seien die eines Weißen, nicht die eines Teufels, und hat mich aufgenommen. Er sagte: Du hast beides in dir. Vielleicht hat das sein Gutes.«

Sarah Jane nickte. »Also hat er dich beides gelehrt.«

»Ein Jahr lang hat er mich zu einem weißen Mann gegeben, bis ich die Sprache konnte. Dann hat er mich wiedergeholt. Er hat mich überallhin mitgenommen. Er war ein Weiser Mann. Alles hat er mich gelehrt.«

»Es muß schrecklich für dich gewesen sein, als er starb«, sagte Sarah Jane. Sie hatte unterdessen von Begräbnisvorschriften erfahren und gehört, wie man einem Toten in sein Reich verhalf.

Lange folgten sie den gewundenen Bergen nach Süden. Einmal stießen sie auf eine Gruppe schwarzer Frauen, die schreiend wegrannten. Ein andermal hörten sie Äxte klirren. Sie gelangten zu einer Stelle mit gerodetem Wald, wo die Erde mit Furchen durchzogen war, und wußten, daß die Zedernfäller hiergewesen waren. Es trieb sie höher in die Berge, in trockeneres Land mit kälteren Winden. Sarah Jane knotete ihren Beutel aus Wallabyhaut auf und schmiegte sich in das Fell.

Mit seiner Keule erlegte der Junge ein weiteres kleines Wallaby. Als sie kampierten, säuberte er mit Steinen und seinem Messer die Haut. Sarah Jane saß in einem Baum und blickte über Wälder tief unten. Aus dem blauen Dunst stieg eine dünne Rauchsäule auf, zu groß für ein Lagerfeuer, zu regelmäßig für ein Buschfeuer.

»Es ist ein Schornstein«, sagte sie, und plötzlich sehnte sie sich dorthin: nach Leuten, die ihre Mahlzeit im Topf kochten und sich zum Essen an den Tisch setzten – nach wildfremden Leuten, die sie niemals sehen würde.

Am Abend stieg sie, während das Wallaby röstete, noch einmal hinauf und erkundete die windige Finsternis. Sie hielt Ausschau nach einem winzigen, trotz des Windes unbewegten Lichtpunkt: nach einer Kerze. Da war nichts, und der Junge rief sie zu sich. Aber sie wünschte sich, diesen Fremden zu sagen, daß sie hier war – Sarah Jane Tranter, eine gute Küchenmagd – und daß nicht sie die Soßenschüssel kaputtgemacht hatte.

Jetzt bekamen sie wieder Behaarte zu sehen, kleiner und grauer als die anderen, schweigsamer und schneller im Verschwinden. Sie eilten zum Feuerschein wie graue, krabbelnde Spinnen. Sarah Jane hielt wie der Junge die Augen gesenkt. Nur einmal erschrak sie und sah auf. Augen schauten sie an, dann waren sie verschwunden. Sie verspürte eine Art Schmerz – so geheimnisvoll waren die Augen, die so viel zu wissen schienen.

Die Tage glitten den Kindern wie Sand durch die Finger. Oben auf den Bergen fiel weicher Pulverschnee. Sarah Jane machte er angst, aber der Junge hatte schon mal Schnee gesehen. Sie begaben sich tiefer hinab in Wald, durch den die Zedernfäller gekommen waren. Da gab es schlammige Spuren so breit wie Straßen und Furchen von Wagenrädern, und einmal hörten sie entfernt Vieh brüllen. Das alles machte Sarah Jane unruhig, aber der Junge besah sich bloß die Form der Berge. Er sagte, das Land des Magooya sei nah.

»Es könnte sein, daß er diesmal nach Hause zurückkehrt.«

»Es könnte sein . . .« äffte ihn Sarah Jane nach, fügte dann aber hinzu: »Dein Englisch ist ganz ordentlich inzwischen. Es klingt fast wie das Englisch des Königs.«

Er sah sie mit einem frechen Grinsen an. »Ich habe von Reverend Jenkins Englisch gelernt. Er hat es mir beigebracht.«

Vor Freude riß sie die Augen auf. »Reverend Jenkins? Dann sind wir ja sozusagen Bruder und Schwester! Kein Wunder, daß wir uns dauernd in die Haare geraten.«

»Wir geraten uns in die Haare, weil ich im Schutz des Feuers stehe und du im Schutz des Wassers.«

»Das gilt vielleicht für dich«, erwiderte Sarah Jane. *»Ich* habe mir nie einen geheimen Ort angeschaut. Ich habe einen Ring gefunden, und er geht nicht ab. Das ist alles.«

»Da hat es noch den Fisch gegeben.«

»Papperlapapp – Fisch.«

»Du glaubst, du wüßtest alles.«

Sie sah ihn mit schielenden Augen an. »Ich kann nichts dafür, daß ich älter bin.« Er warf einen Stein nach ihr, und sie sprang rasch zur Seite.

Sie stießen auf den Fluß des Magooya, der schnell und tief dahinströmte, und wandten sich stromaufwärts, um eine bessere Stelle zum Durchqueren zu suchen. Der Fluß war anders, als sie ihn zuletzt gesehen hatten. An den Ufern gab es Wege, aufgewühlte Erde und, wo Holz gefällt worden war, verwüsteten Wald. Es dauerte nicht lange, da ertönte ein Geräusch: Ein lauter, tiefer Ton drang den Fluß herab. Die Kinder blieben stehen, um zu lauschen, und versteckten sich zum Beobachten schnell hinter Büschen. Es waren Männer, die Lieder sangen.
Die Stimmen verklangen und wurden wieder laut, wenn die Männer um eine Flußbiegung fuhren. Sie sangen mit hohen und tiefen Stimmen, aber alle im Chor, ihr Gesang verschmolz zu einem einzigen Ton. Schließlich kam, als die Stimmen wieder lauter wurden, ein großes Floß um die Flußbiegung in Sicht geglitten.
Es bestand aus gewaltigen, mit Tauen zusammengebundenen Zedernstämmen. Auf dem Floß saßen die Sträflinge, die die Stämme geschnitten hatten. Sie waren zerlumpt und dreckig von ihrer Arbeit im Urwald, hatten wirre Bärte und von der Sonne verbrannte Gesichter. Sie schauten nicht zu den Ufern, nicht auf die Strömung, die das Floß mit sich trug, nicht zu dem Offizier, der sie begleitete, nicht zu den Aufsehern mit ihren Peitschen, noch sahen sie einander an. Sie sangen bloß, alle im selben langsamen Takt: Lieder vom Meer, lustige Lieder und Lieder von ihrem fernen Zuhause – müde Männer unterwegs auf einem wilden Fluß, die ihren Rückweg mit ihrem Gesang begleiteten.
Mitleidsvoll sahen die Kinder sie vorüberfahren, hörten ihre Stimmen verklingen und durchquerten schweigend den Fluß.
Sie brachten die Nacht an seinem Ufer zu und fragten sich, was

sich sonst noch verändert haben mochte, während sie fort gewesen waren, und ob es in der Nähe wohl neue Siedlungen gab. Danach waren sie auf der Hut und schlugen sich aus Angst vor den Weißen durch Buschwerk. Zweimal kampierten sie sicherheitshalber ohne ein Feuer: das eine Mal unter welkem Laub, das andere Mal in Nestern aus Gras. Schließlich gelangten sie durch den Sumpf, wo sie vor dem Sträfling davongelaufen waren, wieder zu ihrem ersten Lager.

Es war schwer, den Platz wiederzufinden, so versteckt war er unter neuem Gebüsch. Aber der Junge war sich seiner Sache sicher, und Sarah Jane krabbelte durch Lianen und Farn und förderte ihre alten Schuhe zutage. Sie waren grün vor Schimmel und völlig aus der Form. Sie schlug sie gegen einen Baum und schüttelte einen Frosch heraus.

»Zieh sie an«, sagte der Junge.

Sarah Jane ließ sie sofort fallen. »Sie sind ganz krumm und schief und eklig. Meine Füße sind inzwischen zäh wie Leder.«

»Zieh sie an«, sagte er hartnäckig.

Sarah Jane setzte sich hin. Sie nahm einen Schuh, bog ihn hin und her, um ihn weich zu machen, zwängte einen ihrer schlammverschmierten Füße hinein und stand auf.

»Ha!« rief der Junge. »Du kannst darin laufen?«

»Wenn ich ihn wieder weich bekäme, ginge es.« Sie stand in dem einen unförmigen Schuh da, mit dem Wallabyfell an der Liane, die sie sich um die Hüfte gebunden hatte, und sah ihn mit nachdenklich verdüsterten Augen an. »Wie viele Sommer und Winter sind vergangen?« fragte sie.

»Nicht viele«, sagte er lachend. »Der Schuh paßt noch.«

»Aber was glaubst du – wie viele?«

»Zwei vielleicht, oder drei.«
»Es ist nicht normal ... Sonst bin ich jedes Jahr gewachsen ...«
»Dann bist du eben jetzt nicht gewachsen«, sagte er, noch immer lachend.
Sarah Jane zog den einen Schuh aus und schleuderte beide Schuhe in den Farn.
Noch immer zählten sie die Tage nicht. Auf ihrem Weg nach Süden mußten sie nun an Siedlungen vorbei, die ihnen neu waren; das ganze Land war anders. Da verliefen holprige, von Hufen und Rädern abgenutzte Wege durch den Wald. Sie führten zu Bauernhöfen mit Gebäuden aus mit Rinde überzogenem Holz oder aus Holzbrettern. In den eingezäunten Höfen waren mitunter eine Ziege oder eine Kuh angepflockt. Oder sie führten zu Straßen mit Ochsenkarren und aneinandergeketteten Sträflingstrupps, die Karren mit zertrümmerten Steinen zogen, um die Schlaglöcher damit zu füllen. Einmal kam eine Kutsche voll merkwürdig gekleideter Leute vorbeigeschaukelt.
Hin und wieder gab es vornehme Häuser mit großen Türen und Fenstern. Häufig trafen sie auf Hunde, die anschlugen, auf Männer in Hemdsärmeln und Frauen mit Umschlagtüchern, die die Kinder eingehend musterten. Zu ihrem Glück stießen sie auf eine Straße, der sie, geschützt durch Wald, am Wegrand entlang folgen konnten. Sie führte sie wieder nach Westen, zu den Bergen. Aber der Junge sagte, er müsse ohnehin bald nach Westen, und es sei der sicherste Weg um das besiedelte Land herum.
Manchmal war es schwer, Nahrung zu finden, und gefährlich, ein Feuer zu machen. Einmal stahlen sie in der Nacht Bohnen und Möhren aus einem Garten. Ein anderes Mal – eine Frau

melkte gerade eine Kuh – schlich sich Sarah Jane in ein Haus und fand ein Stück hartes gesalzenes Rindfleisch. Beiden wurde davon schlecht. Oft stießen sie auf Flüsse mit kleinen Fischen und fanden ruhige Plätze im Wald, wo sie kampieren und ein Feuer machen konnten – und es kam ihnen heimelig vor.

»Auf deinem Lendengurt sitzt wieder eine Feuereidechse! Das kitzelt doch sicher, oder?«

»Tut es nicht!« fuhr der Junge sie an und war verlegen, weil er nicht mitbekommen hatte, daß die Feuereidechse dort saß.

Die Straße führte sie ein weites Stück Wegs, aber als sie nach Norden bog, verließen sie sie und schlugen sich zu den Bergen durch. Hier am Fluß gab es nur wenige Bauernhöfe. Es war leicht, an ihnen vorbeizuschlüpfen, und ebenso leicht ließ sich gute Nahrung finden. Bald waren sie in den sicheren Bergen und wanderten wieder nach Süden.

»Was bedeutet der Süden für dich?« fragte der Junge.

»Dort ist dein Großvater, die arme Seele.«

Er runzelte die Stirn. »Du hast doch gar nichts von ihm gewußt, als du von Süden gesprochen hast.«

Also erzählte sie ihm von dem geheimnisvollen Land, von dem die Soldaten und Sträflinge sprachen und wohin manche von ihnen sich aufmachten: dem wunderschönen Land weit im Süden, in dem unbekannte Weiße lebten und in dem es alle gut hatten. Der Junge sagte, das sei nichts als Wunschdenken und Träumerei.

»Ach«, sagte Sarah Jane starrköpfig, »dann träumt der Gouverneur wohl auch. Denn er hat Männer hingeschickt, damit sie es suchen. Der Gouverneur muß es doch wohl besser wissen als du, wo er in Diensten des Königs steht.«

»Der König hat keine Ahnung. Mein Großvater hat mehr gewußt als der.«

Sarah Jane hielt sich mit den Händen die Ohren zu und rief: »Blabla!«, um sie vor diesen unverschämten Worten zu verschließen.

Sie folgten den Bergen nach Süden und hielten hin und wieder an, um mit einem Wasserfall oder einem Echo ihr Spiel zu treiben, um das abgewetzte Messer des Jungen zu schleifen oder einen neuen Grabstock anzufertigen. Da Sarah Jane die Schuhe gepaßt hatten, war keine Eile nötig. Der Junge kannte sich in diesen Bergen gut aus, und beizeiten begann er nach einem Gipfel im Westen Ausschau zu halten.

Eines Tages rief er, hoch in einem Baum sitzend, daß er ihn entdeckt hätte. Am Hang entlang wanderten sie so lange nach Westen, bis gezackte Felsen über Baumwipfel aufragten, deren Stämme der Fluß gespalten hatte.

Der Junge fand einen Weg abwärts zwischen seltsam gewachsenen Bäumen, die tollkühn an den Felsen klebten. Zu stolz, um ihre Angst zu zeigen, folgte ihm Sarah Jane. Der Weg endete oben auf einer Felsenklippe.

Sie kampierten in einer Höhle und brieten kleine Rattenkänguruhs. Am nächsten Tag schwangen sie sich an Kletterpalmen die Felswände hinunter. Sarah Jane schloß fest die Augen. Die Hänge fielen steil ab, und der Fluß floß von einem Becken ins nächste. Schließlich hatten sie die Hänge überwunden und gelangten zu dem weiten Land im Westen, wo der Geist des toten Großvaters wartete.

Angespannt suchte der Junge nach Anhaltspunkten in der Landschaft und nach Zeichen an den Bäumen. »Seine arme Seele, die schon so lange auf dich wartet, wird sich freuen, dich zu sehen«, sagte Sarah Jane, um ihn zu ermuntern.

»Der Baum ist gewachsen«, murmelte er. »Meine Zeichen sind alt, und die Knochen sind zerfallen.«

»Kannst du denn den richtigen nicht finden?«

Er schnaubte. »Es ist der richtige. Diese Zeichen stammen von mir.«

Sarah Jane ging hin, um sie anzusehen. Der Baum war innen verfault oder von Termiten ausgehöhlt, und die Öffnung war durch ein Feuer vergrößert worden. Über der Öffnung war eine silbergraue Narbe. Dort war die Rinde abgeschält und ein tiefes Rillenmuster in das Holz geritzt worden. Der hohle Baum war leer. Sarah Jane hielt nach einem anderen Baum mit hohlem Stamm und einem Rillenmuster Ausschau. Da gab es einen mit einer kleinen Markierung und Schriftzeichen, die mit einer Axt eingekerbt worden waren. Sie konnte die Zeichen entziffern: *C. S. 1829.*

»Was bedeutet das?« rief Sarah Jane, die sich plötzlich wie vor den Kopf geschlagen fühlte. »Was um alles in der Welt heißt das?«

Der Junge wanderte rastlos zwischen den Bäumen umher und kehrte viele Male zu dem ersten zurück, runzelte die Stirn und ging wieder. Schließlich kam er zu Sarah Janes Baum und runzelte darüber die Stirn. Er konnte die Zeichen nicht lesen, erkannte ihre seltsam unregelmäßigen und klaren Züge jedoch wieder. Er sagte kurz: »Sie stammen von einem deiner Leute«, und wandte sich ab.

»Danke vielmals«, erwiderte sie. »Ich kann lesen, ja? Sein Vorname fing mit C an und sein Nachname mit S, darum hat er diese beiden Buchstaben in den Baum geritzt. Aber warum hat er die Zahl dazugeschrieben, dieses 1829? Es ergibt keinen Sinn!« Als der Junge nicht darauf einging, stampfte sie mit dem Fuß auf und schrie ihn an. »Es war das Jahr 1798, als ich mit meinen wundgelaufenen Füßen auf dich und den Ausreißer gestoßen bin. Aber das da besagt, daß jemand im Jahr *1829* hier war! Das sind über *dreißig Jahre* später!«

Schließlich sah er sie mit finsteren Augen an. Sie wünschte sich, daß er sagte: »Sei vernünftig, S'Jane.« Aber er stand bloß da und war genauso bekümmert wie sie. Sarah Jane hatte mehr Angst denn je. Kalt sagte sie: »Für dein Alter hast du dich gut gehalten. Nie und nimmer hätte ich dich auf über dreißig geschätzt.«

Er drehte sich wortlos um und stolzierte in den Wald. Sarah Jane sackte unter dem Baum zusammen, in den jemand mit einer guten Eisenaxt die Anfangsbuchstaben seines Vor- und Nachnamens und die Jahreszahl 1829 geritzt hatte.

Das Land des Südens

1

Sarah Jane hockte den ganzen Tag in tiefer Angst allein da. Spät am Nachmittag tauchte der Junge wieder auf. Er sah aus wie immer, abgesehen davon, daß er eine Steinaxt und zwei getötete Eidechsen bei sich trug. »Komm mit«, sagte er. »Da drüben gibt es Yamswurzeln. Ich mache ein Feuer.« Sie stand langsam auf und folgte ihm.

»Ich bin kein alter Mann von über dreißig Jahren«, sagte er über seine Schulter. »Ich bin geblieben, wie ich war – genau wie du.«

Das wußte sie auch, aber in den Baum war diese Jahreszahl eingeritzt. Sie sagte: »Es sind wahrscheinlich eintausendachthundertneunundzwanzig Meilen gemeint, nicht das Jahr.«

»Nein, S'Jane.«

»Natürlich! Von so weit her ist er gekommen!«

Sie gelangten an einen Fluß. Der Junge legte die Axt und die Eidechsen hin. »Die Bäume sind gewachsen«, sagte er. »Meine Totenzeichen sind alt, und die Knochen sind fort. Im Grunde wußten wir es schon die ganze Zeit.«

»Das ist nicht wahr! Der Schuh hat mir gepaßt. Wie hätten wir es wissen können?«

»Eine innere Stimme hat es uns gesagt. Wir haben einen weiten Weg zurückgelegt, über das Land hinaus, in dem mein Großvater sich auskannte, und wir haben unser Lager aufgeschlagen, wo immer es uns gefallen hat. Das hat viel Zeit in Anspruch genommen. Und dann hoch droben im Norden Äxte des weißen Mannes. Neue Städte. Meine Leute laufen vor ihnen davon. Nichts hat mehr gestimmt.«

Sarah Jane stampfte mit dem Fuß auf. »So einen Unsinn habe ich ja noch nie gehört! Wie können wir dreißig Jahre lang in der Gegend herumwandern und nicht älter werden dabei? Beantworte mir das!«

Aber der Junge hatte sein Leben lang unter Zaubern und Geistern gelebt und war an sie gewöhnt. Er sagte: »Wir haben im Zeichen von Feuer und Wasser gelebt – es ist Magie. Die Leute haben uns für Teufel gehalten, weil wir Teufel *sind.«* Dann fing er an, ein Feuer zu machen.

Sarah Jane schrie ihn an, daß er ein dummer Eingeborener sei, völlig übergeschnappt. Sie zog die übelsten Grimassen, warf Steine nach ihm und weinte. Er sagte keinen Ton. Mit dunkler, wütender Miene machte er Feuer, grub Yamswurzeln aus, garte und aß sie.

Sarah Jane rannte fort in den Wald und kam erst in der Dunkelheit wieder zum Vorschein, um sich ans Feuer zu hocken. Ihre Finger, die rastlos durch welkes Laub fuhren, ertasteten ein Stück Rinde mit einer gerösteten Eidechse und gebackenen Yamswurzeln darauf. Sie aß eine Yamswurzel. Der Junge schwieg.

Sarah Jane wandte sich hochmütig an ihn. *»Du* magst ein Teufel sein – *ich,* bitte sehr, bin und bleibe Sarah Jane Tranter.«

Er nickte. Sie warf den Kopf in den Nacken und schluckte ein Schluchzen hinunter.

»Wohin gehen die Teufel jetzt?«
»Nach Süden«, sagte er. »Meinen Großvater begraben.«
Es war wieder wie vorher! Es war alles wieder beim alten, wie die Erde und der Himmel! Eine warme Woge des Trostes strich über Sarah Jane hinweg. Sie biß ein Stück Yamswurzel ab und sagte: »Ich dachte, du hättest den Armen verloren.«
»Nur seine Knochen. Sein Geist ist hier. Ich muß einen anderen Weg finden, um seine Seele heimzubringen.«
»Was willst du tun?«
»Hilfe erbitten.« Seine Augen, die zur Seite schauten, funkelten vor sich widerspiegelndem Feuerschein. »Dieses Zauberland im Süden suchen, wo Weiße leben sollen.«
»Du hast gesagt, es wäre bloß Wunschdenken!«
»Ist es auch, so wie du es dir vorstellst. In Wirklichkeit ist es so, wie mein Großvater es geschildert hat.« Und er erzählte ihr vom südlichsten Zipfel des Landes, wo Berge aus dem Meer ragten, vom geheimen Land des großen weißen Geistes Loo-Errn, das niemand ohne Erlaubnis betreten durfte.
»Und dieser Loo-Errn kann dir helfen?«
»Sicher. Er kennt sich mit allem aus.«
»Aber wie kannst du ihn aufsuchen, wenn du gar nicht hindarfst?«
Er knurrte: »Ich besitze Feuer, oder etwa nicht?« Sie begriff, daß er irgendeinen Plan im Kopf hatte, aber nicht damit herausrücken wollte.
Sarah Jane lag wach und überlegte, was es auf sich hatte mit dem Teufelsein. Wenn einem ein Zauber auferlegt werden konnte, dann konnte er auch wieder von einem genommen werden . . . bestimmt . . .

Am nächsten Morgen verließen sie den Ort mit den eingekerbten Bäumen. Der Junge trug eine Axt. Ihr gebogener Holzgriff steckte in seinem Lendengurt, ihr geschliffener Steinkopf ruhte auf seinem schmächtigen Rücken. Sarah Jane schwieg. Ihr war klar, daß es sich um die Axt seines Großvaters handeln mußte, die er aus irgendeinem Versteck geholt hatte.

Sie stiegen auf einen Pfefferminzbaum, um über die Ebene zu schauen. Zwischen Bäumen gab es Flecken von Grasland, und die weit ausladenden Wipfel der Flußeukalypten zeigten den Verlauf der Flüsse an. Zerklüftete, vor Wald ganz dunkle Berge umschlossen sie. »Sicher weißt du ganz genau, wo dieses Zauberland liegt«, rief Sarah Jane von ihrem Ast aus.

Der Junge runzelte die Stirn. Er versuchte die Berge und Flüsse mit der Landschaft, die er in seinem Innern sah, in Übereinstimmung zu bringen. Aber es war lange her, daß sein Großvater sie ihm eingeprägt hatte. Vielleicht irrte er sich ja, oder das Land hatte sich verändert. »Natürlich weiß ich das«, sagte er streng. »Es liegt westlich vom Land des Schnees und südlich vom Großen Fluß.« Sie kletterten aus dem Baum und brachen auf.

Das Meer lag weit hinter den Bergen. Das Land dehnte sich nach Norden, Süden und Westen weit über jene Grenzen hinaus aus, innerhalb derer der Junge sich auskannte. Zwischen den Bergen erstreckte sich öde die breite Ebene. In den dunklen rauhen Bergen hielten sich Buschräuber versteckt, aber das wußten die Kinder nicht. Schwarze wanderten über die Ebene, von denen manche beim Anblick der Kinder wegliefen. Sie kannten die Geschichten von früher und wollten nicht zusammentreffen mit den blauäugigen Teufelskindern, die nicht heranwuchsen und älter wurden wie wirkliche Menschen.

Im Norden gab es neue Siedlungen, und Sträflinge bauten an einer Straße. Aber die Kinder schlugen einen anderen Weg ein. Umtriebige Forscher ritzten ihre Namen und Jahreszahlen in Bäume, legten Karten an, kontrollierten sich gegenseitig und entdeckten neues Land, nur um festzustellen, daß entschlossene Siedler die Grenzen der bisher bekannten Siedlungen längst überschritten hatten und dort bereits Felder beackerten. Das Bergland diente den Kindern als Schutz. Hin und wieder trug der Wind schwach und von ferne das Gebrüll von Vieh oder das Geblöke von Schafen herbei. Die Kinder hielten es für die Rufe von Geistern.

Sie folgten der Sonne nach Westen, über die Ebenen am felsigen Fuß des Gebirges entlang, und aßen im Gehen: Himbeeren, Nüsse, grüne Schößlinge und Honigblüten. Eine Eidechse, ein Bandikut, ein Vogel oder auch ein junger Aal dienten, zusammen mit Wurzeln, zum späteren Verzehr. Der Junge kochte alles so, wie er es gelernt hatte: auf Steinen geröstet, in Erde oder Asche gebacken, auf heißen Kohlen gebraten.

»Gib acht auf die Feuereidechse. Verbrutzel das arme Ding nicht.«

»Dann verscheuch sie«, sagte der Junge gleichgültig.

»Verscheuch du sie doch. Dich mögen Eidechsen schließlich, mich beißen sie.« Aber der Junge machte keine Anstalten, und schließlich zuckte die kleine Eidechse von selbst zurück.

Nach dem Essenkochen und vor dem Einschlafen fachten sie das Feuer häufig noch mal an, um Licht und Wärme zu haben. Manchmal beschworen die Flammen dann Geschichten herauf, Schauergeschichten aus alten Zeiten oder eine Geschichte von einem Vorfall, den einer von beiden erlebt hatte. Manchmal sangen sie, der Junge ein Lied über eine Oppossumjagd und Sarah Jane eins von den Seemannsliedern ihres Vaters oder den Liebesliedern der Köchin. Es gab Nächte, in denen schattenhafte Wesen nah ans Feuer kamen, neugierig oder verwirrt umherwandernd: runzlige alte Männer, kindgroß, Frauen mit Hörnern und Klauen, miteinander verwachsene Doppelwesen, halb Mensch, halb Tier.

»Mach die Augen zu, S'Jane. Sieh nicht hin.«

»Danke bestens«, flüsterte Sarah Jane, das Gesicht an die Knie gedrückt. Aber die umherstreifenden Geister entschwanden sang- und klanglos. Vielleicht behelligten sie Teufelskinder einfach nicht.

Tag um Tag wanderten die Kinder nach Westen. Die Sonne ließ weiße Gebilde am südlichen Himmel aufleuchten, und nur der Wind wußte, ob es Regen- oder Schneewolken waren. Der Junge behielt die Berge im Blick und lauschte der Erinnerung an die Stimme seines Großvaters. Die Tage vergingen, naß oder windig, heiß oder kalt. Eines Tages kamen sie durch dichten Wald zu einem schlammigen, von Hufen zertrampelten breiten Weg. Überrascht ließ Sarah Jane ihren Grabstock fallen.

»Kühe, was? Und Schafe, schau! Wie kommen die hierher? Und dann so viele!«

Der Junge ließ sich seine Verwunderung nicht anmerken. »Natürlich gibt es hier Bauernhöfe. Sie haben schließlich dreißig Jahre Zeit gehabt.«

»Aber so weit weg, und so viele! Es muß hier jede Menge Leute geben, die sich um die Tiere kümmern. Wieso bloß bekommen wir keine Menschenseele zu sehen? Als würden sie bei Nacht rumschleichen. Warum kriegen wir sie nicht zu Gesicht?«

»Wir nehmen immer den kürzesten Weg und suchen uns zu essen, worauf wir gerade Lust haben. Deine Leute dagegen nehmen mit Pferd und Wagen alles mit, und noch was extra für die Pferde. Und um das zu transportieren, brauchen sie noch mehr Pferde. Sie machen weite Umwege, auf denen sie nur langsam vorankommen. Vielleicht gelangen sie nie ans Ziel.«

Sarah Jane steckte sich die Daumen in die Ohren und wackelte mit den Fingern. »Tun sie wohl. Dafür haben sie extra eine Straße gebaut.« Sie lief hin, um die Straße in Augenschein zu nehmen.

Sie verlief in Nordsüdrichtung, war von Schafen kahlgefressen und mit Kuhfladen übersät. Mal waren Bäume gefällt worden, um Platz für sie zu machen, mal führte sie über offenes Grasland in lichten Wald. In einem Dickicht auf der anderen Seite lauerten vier Buschräuber, aber Sarah Jane bemerkte sie nicht.

Die Buschräuber machten mit ihren Pferden Rast. Als sie Kinderstimmen hörten, schossen sie hoch wie Katzen. Die Pferde am Zügel und die Gewehre im Anschlag, spähten sie aus dem Dickicht.

Nicht eine Soldateneskorte oder eine Kutsche oder ein Wagen zum Ausrauben stand da vor ihnen, sondern zwei unbekleidete Kinder, die allein in dem ansonsten menschenleeren Land unterwegs waren. Sie entspannten sich, nickten und lachten. Es würde einen Spaß geben, diese Kinder zu fangen und gute Buschräuber aus ihnen zu machen.

Sarah Jane suchte vorsichtig einen Weg um eine morastige Stelle herum. »Hier läuft sich's aber schlecht«, rief sie. Dann entdeckte sie etwas im Schlamm und stürzte sich voll Freude darauf: ein kleiner Hornkamm, der einem Viehtreiber aus der

Tasche gefallen war. Der Junge kam, um ihn sich anzusehen. Der Kamm interessierte ihn nicht weiter, aber er verhieß weitere Fundstücke. Sie beugten sich gerade über ihn, als die Reiter unter Gejohle mit ihren Pferden aus dem Dickicht gestürmt kamen.

Die Buschräuber boten einen schrecklichen Anblick. In ihren Gürteln steckten Pistolen, und ihre Augen spähten unter breitkrempigen Hüten mit roten Bändern hervor. An ihren Westen funkelten und glitzerten gestohlene Broschen und Nadeln. Auch das Zaumzeug der Pferde war mit Uhren und Ringen behängt.

Die Kinder rannten schreiend zum Wald. Geschmeidig und sicher kamen ihnen die Pferde zwischen den Bäumen hinterhergaloppiert. »Versteck dich!« rief der Junge, aber die Buschräuber waren schon zu nah. Sarah Jane nahm den ausgestreckten Arm einer der Männer wahr und wich ihm aus, indem sie um einen Baum sauste. Der Junge sprang nach einem Ast und baumelte an ihm herunter. Plötzlich verwandelte sich das Durcheinander in wilde Raserei.

Aus dem Wald drang das gellende Wiehern eines großen Pferdes, und lautes Hufgetrappel ertönte. Die Pferde der Buschräuber schnaubten, warfen ihre Köpfe herum und schlugen mit den Hinterbeinen aus. Die Reiter fluchten und zerrten an den Zügeln. Ein gewaltiger schwarzer Hengst kam angestürmt. Mit seinem Kopf mit den weißen, gebleckten Zähnen und den verdrehten roten Augen reichte er an die Äste heran, und er wieherte im Näherkommen. Während die Buschräuber sich fluchend abmühten, donnerten ihre Pferde aus dem Wald und stürmten die Straße hinunter. Der große schwarze Hengst stampfte hinterdrein.

Der Junge ließ sich vom Ast fallen und lehnte sich gegen den Baum. Sarah Jane kauerte ebenfalls auf dem Boden unter dem Baum. Matt sagte sie: »Der Magooya – er hat gar nicht seinen üblichen Lärm gemacht.«

»Wir sollten weiterwandern. Er wird wieder auftauchen.«

»Soll er doch, wenn er will. Ich kann nicht mehr.« Sie sah auf ihre offene Hand. »Da ist ja noch der Kamm!«

Der Junge nickte, teilnahmslos vor Angst, und sagte: »Du wirst den Dreck abwaschen müssen. Los, S'Jane, sie kommen bestimmt zurück.«

Sie schlichen zum nächsten Fluß und versteckten sich unter Honigmyrthezweigen, aber weder die Buschräuber noch der Magooya ließen sich blicken.

»Er hat uns jetzt schon zweimal geholfen«, bemerkte Sarah Jane. »Das letzte Mal hat er uns die Behaarten vom Leib gehalten, und diesmal haben wir genausoviel Glück. Das waren Buschräuber; all ihr verruchtes Diebesgut hing an ihnen dran wie Wäsche auf der Wäscheleine. Die sind vor den Aufsehern auf der Flucht, das steht fest.«

»Auf jeden Fall ist diese Straße nicht sicher«, sagte der Junge. Dennoch folgten sie ihr, im Schutz von Bäumen. Denn an den Bergen hatte der Junge erkannt, daß es an der Zeit war, sich nach Süden zu wenden, und die Überlandstraße war der einfachste Weg. Zweimal führte sie sie zu Bauernhöfen mit Holzgebäuden, die mit Pflöcken eingezäunt waren. Das Blöken der Schafe dort war zu wirklich, um es für Getöse von Geistern zu halten, und Hundegebell warnte die Kinder fernzubleiben. Manchmal bahnten sie sich ihren Weg durch die Berge, während Kühe oder Schafe die Straße unten benutzten. Einmal versteckten sie sich vor einer Gruppe von Forschern, die dabei waren, den Süden zu erschließen.

»Wozu machen sie sich die Mühe?« sagte Sarah Jane. »Wo hier doch schon so viele Leute und Tiere sind? Freie Siedler und all die andern. Meinst du, daß es noch Sträflinge gibt?«

»Wahrscheinlich ja«, sagte der Junge, »um die Arbeit zu machen.« Er drehte ein Opossumfell zu einer Kordel, um Sarah Janes Kamm daran zu befestigen, denn er fiel ihr oft herunter, und sie mußte kehrtmachen, um ihn zu suchen. Hin und wieder kämmte sie sich abends am Feuer ihre wilden Haare damit und stieß spitze kleine Schmerzensschreie aus, wenn sie sich mit den Knoten abmühte.

»Wirf ihn ins Feuer, S'Jane. Er ist zu nichts nutze.«

»Im Gegensatz zu anderen will ich nicht wie eine Wilde rumlaufen.«

Gerade im rechten Moment schauten sie von einem Berghang in die Tiefe und sahen einen Fluß, der sich wie eine Riesenschlange dahinwand. Sarah Jane überlegte angestrengt, aber der Junge sah nach Süden: Denn dies war der Große Fluß, das Ende seiner Welt. Dahinter gab es fremde Länder, nicht zuletzt das Zauberland Loo-Errns und in weiter Ferne das Meer des Südens.

»Was kann uns beiden schon passieren, wo wir Feuer und Wasser besitzen«, sagte Sarah Jane, um ihm Mut zu machen.

»Du hast keine Ahnung«, sagte der Junge und verdrehte die Augen, wie sie es ihm beigebracht hatte. Aber er war beruhigt.

Sie begaben sich wieder hinab ins Tal und verloren den Fluß aus dem Blick. Jetzt verlief die Straße häufig durch Lichtungen, und die Kinder ließen sich mit Hilfe des Windes sicher an Hunden vorbeiführen. Einmal tappten sie förmlich in eine friedlich grasende Herde. Die Treiber machten Rast und sprachen mit einem Berittenen in Uniform, der an seinem Sattel Riementaschen befestigt hatte. In Sarah Janes Augen waren die Viehtreiber in ihren kurzen Westen und Hemdsärmeln nur dürftig bekleidet, und die Jacke des einen Mannes, der weder Umhang noch Reiterhosen trug, erschien ihr armselig und schäbig. Als sie wieder ihrer Wege gingen, riefen sich die Männer über die Schultern zum Abschied etwas zu.

»Doch nicht anno achtzehnvierzig!« rief lachend einer der Viehtreiber.

». . . sonst kommen die Botschaften Ihrer Majestät zu spät an!« rief der Mann in Uniform und ritt Richtung Norden.

Sarah Jane stand benommen da, bis der Junge ihre Hand packte und sie mit sich zog. Er redete auf sie ein. Sie starrte bloß vor sich hin und nahm nichts in sich auf. Schließlich preßte er sie gegen einen Baum und brüllte sie an.

»Hör zu, S'Jane! Das Jahr tut nichts zur Sache! Wir können es nicht ändern. Was macht dieses Achtzehnvierzig für einen Unterschied? Wenn du's nicht mitbekommen hättest, wäre alles wie immer.«

Sarah Jane rüttelte sich selbst wach. »Pfui! Und was für einen Unterschied! Denn er hat von *Ihrer* Majestät gesprochen! *Ihrer* – und nicht *Seiner!* Das heißt, daß der König tot ist. Jetzt werden die in England uns endgültig vergessen. Und wer ist diese Königin, von der ich noch nie gehört habe?«

Den ganzen Tag lang trauerte sie im stillen um den König. Aus Achtung schwieg auch der Junge. Ihm lag nichts an dem König, aber das Gefühl des Trauerns kannte er.

Er hatte die Landschaften vieler Gegenden in diesem Land im

Kopf. Sein Großvater hatte ihm das alles beigebracht. Er hielt Ausschau nach dem Ursprung des Großen Flusses, nach bestimmten Bergformen, nach Flüssen aus dem Süden und nach einem kleinen Wasserlauf, der ihn zu einem weiteren Fluß führen würde. Eines Tages, als er wieder von oben auf den Großen Fluß blickte, glaubte er, ebendiese Stelle gefunden zu haben. Auf einer Lichtung standen Hütten und an Holzpflöcken angebundene Schafe. Ein Boot mit schmutzigem Deck war am Fluß vertäut. »Sie bringen die Schafe über den Fluß, schau!« rief Sarah Jane.

Der Junge beachtete sie nicht. Auf der anderen Seite des Flusses war das Ufer weggespült und bildete eine Bucht. Dort mündete von Süden her ein kleiner Fluß in den großen. Der Junge schaute unsicher darauf.

Sarah Jane rümpfte die Nase. »Mit einem ordentlichen Fluß wäre uns mehr geholfen. Der da ist bloß ein kleines Rinnsal. Ob es der richtige ist?«

»Woher soll ich das wissen? Wir müssen rüber und es herausfinden.«

Am späten Nachmittag gelangten sie unten am Fluß an. Er kam frisch aus den Bergen, kalt, munter und kraftvoll. Der Junge war nicht sicher, ob sie ihn unbemerkt von den Hüttenbewohnern würden durchqueren können. Also warteten sie die Dämmerung ab. Als Kochdüfte verrieten, daß die Viehtreiber in ihren Häusern beschäftigt waren, rutschten sie leise die Böschung hinunter.

»So was!« flüsterte Sarah Jane. Sie stand im Wasser und schaute plötzlich verwundert. »Auf deiner Axt sitzt eine Feuereidechse!«

Der Junge zuckte mit den Achseln. »Kann ja rüberschwimmen. Komm.«
Aber Sarah Jane schöpfte die Eidechse mit dem Saum ihres Wallabybeutels auf. Sie brummte bloß verärgert, als sie sie biß, und hielt den Beutel mit dem Grabstock über Wasser.
Hinter der Böschung verborgen, gelangten sie zur Mündung ans andere Ufer. Vor ihnen lag das Land des Südens mit dem kleinen Fluß. Der Junge zitterte. Sarah Jane schüttelte die Feuereidechse aus dem Beutel, und sie verschwand zwischen Graswurzeln.
»Warum hast du dir Gedanken um sie gemacht?« fragte der Junge und rieb sich mit einer Handvoll Blätter warm.
»Weil sie Wasser nicht ausstehen kann«, sagte Sarah Jane, noch immer verwundert.
»Soll sie eben an Land bleiben. Es gibt genügend andere.«
»Herrje!« rief Sarah Jane. »Wirst du endlich zuhören? Als ich in den Fluß gewatet bin, war es mir endgültig klar. Daß sie Wasser haßt und Feuer liebt. Daß sie dich mag und mich beißt. Sie hat uns die Behaarten und die Buschräuber vom Leib gehalten. Es ist die ganze Zeit über ein und dieselbe Feuereidechse.«
»Hör auf!« schrie er. »Das kann nicht sein! Sie – der Magooya? Nein!«
»Hast du jemals eine Feuereidechse zu sehen bekommen, bevor du im Schutz des Feuers gestanden hast? Antworte!«
Aber der Junge gab keine Antwort. In jener Nacht erschien keine Feuereidechse. In der Nähe des Flusses fanden sie grüne Bohnen zum Essen, Akazienzweige zum Feuermachen und Eukalyptus zum Süßen von Wasser aus dem Fluß. Nachdem sie gegessen hatten, krochen sie in warme Erdmulden und schliefen im Schutz ihrer Feuer ein.

Sie folgten dem kleinen Fluß nach Süden, bis er sie in Sumpfland führte. Dann erklommen sie Berghänge und gelangten zum nächsten Fluß. Weder die Feuereidechse noch den Magooya bekamen sie zu Gesicht, obwohl Sarah Jane hin und wieder ein warnendes *Krck!* zu hören glaubte. Vielleicht war es auch ein Gewehrschuß, denn dieses Land wimmelte von Leuten.

Es gab holprige Wege, die zu Bauernhöfen führten; es gab behäbige, vierrädrige Wagen, dahinpreschende Reiter, Siedler, die mit Vorräten unterwegs waren, und Schwarze, die in kleinen Gruppen durchs Land wanderten; es gab Rodungsfeuer, die neues Land erschließen sollten. Aufgescheuchte Känguruhs flohen durch den Rauch, der das Sonnenlicht in ein schmutziges Gelb verwandelte, vor den Kindern. Weißen gingen die beiden möglichst aus dem Weg, Schwarze rannten bei ihrem Anblick weg. Nachts wimmelte es von rastlos umherwandelnden Geistern.

»Sie sind aufgebracht. Sieh nicht hin, S'Jane.«

Dann stieg das Land sanft an und wurde ruhig und friedvoll. Uralte Granitfelsen, höher als Häuser, ragten daraus auf. Die Kinder machten Bekanntschaft mit den Winden des Südens, und der Junge jagte in hohlen Bäumen nach Opossums. Aneinandergeknotet, ergaben ihre Häute warme, wenn auch unordentliche Umhänge. Grauer, pulvriger Schnee trieb herab und schmolz.

Allmählich kehrten die warmen Tage wieder. Unbekannte kleine Flüsse flossen unter Hecken aus hohem Gras nach Süden statt nach Norden. Einer von ihnen führte zum Rand des Hochlands, wo er über große Klippen ins Buschland hinunterfloß. »Wie sollen wir da je runterkommen?« rief Sarah Jane. »Muß das überhaupt sein?«

»Nicht hier. Weiter im Westen ist es leichter.«
Am steilen Abhang entlang gingen sie nach Westen und sahen, tief unten, weißen Sand und das glitzernde Meer. Sarah Jane blickte verzückt darauf, aber der Junge hielt Ausschau nach aus dem Meer ragenden Erhebungen.
Endlich entdeckte er sie zwischen den graugrünen Bäumen eines Wäldchens hindurch, das sich einen sanft abfallenden Hang hinunterzog.
Am nächsten Abend kampierten sie, umgeben von Bäumen, tief unten an diesem Hang. Dahinter wisperte das verborgene Meer mit der Stimme Gottes sein einzelnes langes Wort.
»Du wartest besser hier auf mich«, sagte der Junge. »Es gibt genügend Nahrung und Versteckmöglichkeiten. Du könntest ans Meer gehen.«
»Wenn ich hier warten wollte, könnte ich das. Aber ich werde zusammen mit dir zum Meer und zum Zauberland gehen.«
»Nein«, sagte der Junge. Er hatte das Fett von einem gebratenen Waran aufgehoben und rieb sich damit Gesicht und Körper ein. »Du kannst nicht mitkommen in Loo-Errns Land – du bist ein Mädchen.«
»Wo ich deinem Großvater zuliebe den ganzen weiten Weg hierhergekommen bin?« rief Sarah Jane empört. »Mädchen hin oder her – ich zähle doch wohl genausoviel wie ein unwissender Eingeborener!«
»Das ist ganz egal!« schrie er zurück. »Darum geht es hier nicht. Es ist Männersache, verstehst du das denn nicht?«
Sie verstand es nicht, und er konnte es ihr nicht begreiflich machen. Er rieb sich weiter mit Fett ein, und Sarah Jane starrte ins Feuer.

»S'Jane«, murmelte der Junge nach einer Weile. Steif drehte sie den Kopf und sah ihn an. »Leihst du mir deinen Kamm?« Entrüstet riß sich Sarah Jane die Schnur aus Opossumfell vom Kopf, warf ihm den Kamm zu und zog sich hinter ihr Rindendach zurück. Als sie in der Morgendämmerung aufwachte, war der Junge verschwunden.

2

Allein fühlte sich Sarah Jane wie ein kleiner Käfer in der Hand eines Riesen. »Du bist Sarah Jane Tranter«, sagte sie zu sich. *Und ganz allein auf der Welt,* antwortete ihr trauriges Herz. »Unsinn!« fauchte Sarah Jane. »Hier wimmelt es schließlich geradezu von Siedlern, Buschräubern und anderen Leuten! Ich könnte dem verdammten Jungen nachgehen, wenn ich das wollte.« Aber ihr war klar, daß sie das nicht tun würde, und ohne ihn hatte sie kein Ziel.

Sein Feuer glimmte noch. Ihren Kamm und sein Messer, das inzwischen dünn und abgewetzt war, hatte er für sie mit der Schnur an einen Stock gehängt. Sarah Jane schnitt ihnen häßliche Grimassen. Sie würde zum Meer gehen, und wenn er wollte, konnte er sie ja dort suchen.

Sie ließ das Messer und den Kamm samt Opossumfell unter ihrem Rindendach liegen, zündete einen Kienspan an und machte sich auf den Weg nach unten. Da gab es den kleinen Fluß, an den sie sich halten konnte, und die Stimme des Meeres. Unterwegs sammelte sie Nüsse, Früchte und Nektar. In der Dämmerung machte sie ein Feuer, um Wurzeln zu backen und zu ihrem Schutz in der Nacht. Bei Tageslicht erblickte sie hinter dem Wald eine mit Heide bewachsene große Düne.

Der Junge war aufgebrochen, als er an den Sternen ablesen konnte, daß der Morgen nahte. Er ging schnell und hielt Ausschau nach dem, was er von oben gesehen hatte: nach dem Meer, den Felsenbergen, die daraus hochragten, den Sanddünen, die zu ihnen hinführten. Es war nicht weit. Vielleicht würde er bald am Ziel seiner Reise sein, und er war noch am Leben. Er befand sich schon weit im Westen am Strand, und binnen kurzem würde er Loo-Errn sein Feuergeschenk darbringen, ungebeten und wider die Vorschrift. Sarah Jane hatte er nicht gesagt, daß das den Tod bedeutete.

Jetzt konnte er das Zauberland Marr-na-beeks und die aus dem Meer aufragenden Berge Wamooms sehen, aber noch nicht die Inseln und Schlammzonen, von denen sein Großvater erzählt hatte. Es war Abend, und er war hungrig, aber er wagte nicht, Loo-Errn Nahrung zu stehlen. Mit den Füßen durch den Meeressand tastend, sammelte er Krebse und Herzmuscheln.

Er setzte sich damit in die Heide und aß sie roh, um sich nicht durch ein Feuer zu verraten. Dann legte er sich hin, betrachtete die Sterne, lauschte auf das Meer und fragte sich, ob er es in der Nacht hören würde. Schließlich schlief er ein.

Gegen Morgengrauen wachte er aus seinem leichten Schlaf auf. Die Heide und das Meer lagen in dichtem Nebel, der im Sternenlicht weiß leuchtete. Die dunklen Berge Wamooms ragten heraus. Der Junge suchte trockenes Reisig und nahm es auf seinem Weg am Meeressaum entlang mit. Immer wieder kam er durch Nebelschwaden.

In seinem Inneren schlummerte insgeheim die Angst. Lange hatte er von dieser Angst begleitet nachgedacht und Pläne geschmiedet. Jetzt war die Gefahr allzu gegenwärtig. Er gelangte an Stellen, wohin es vermutlich niemals Fremde verschlug – und baute allein auf seinen kleinen Feuerzauber und die alte Ehrfurcht vor Feuer. Wenn sich seine Überlegungen als falsch erwiesen, war es für Angst zu spät.

Die Sterne verblaßten, und ein Windstoß brachte Bewegung in den Nebel. Der Junge konnte zwischen sich und Wamoom flache Inseln erkennen, und zwischen den geheimnisvollen Bergen wurde der Nebel aufgewirbelt. Es war an der Zeit: Er brachte das Reisig an einen trockenen Ort, schichtete es auf und zündete es an.

Er stellte sich singend darüber, so wie er es gelernt hatte. Das Feuer loderte auf, und die Narbe des Jungen begann zu glühen. Er hob die Arme, sang und sprang auf den Flammen in die Höhe. Draußen auf den Zauberbergen sammelte sich wirbelnd der Nebel. Er stieg zum Himmel hoch und hüllte eine mächtige Gestalt ein, die mit dunklen, geheimnisvollen Augen herabsah. Ein langer, in Nebel gekleideter Arm langte übers Meer. Loo-Errn rief ihn zu sich.

Sarah Jane erklomm die Dünen, schaute auf das sich kräuselnde Meer und lief hinunter zum Strand. Die kleinen Wellen schnappten nach ihren Knöcheln und sogen den Sand unter ihren Füßen weg. Die großen Wellen ließen sie in Tang purzeln und rollten sie wieder ans Ufer. Das Wasser war kalt von dem Eis tief unten in der Erde, doch vor Schreck darüber wurde ihr warm.

Sie streifte durchs Wasser über den sonnigen Strand, bis sie hungrig wurde, ging zurück zu den Dünen und sammelte salzig schmeckende Mittagsblumen und Portulak. Als sie aufsah, kam eine Fremde an den Dünen entlang auf sie zu. Sarah Jane sprang

auf, um wegzulaufen, aber die Frau sprach sie an, als würden sie sich gut kennen.
»Ah. Da bist du ja.«
Sie war eine seltsame Gestalt: klein von Statur, mit schmalen Schultern, breiten Hüften und fast ohne Hals. Sie bewegte sich auf eine gleitende Weise, mit lose herabbaumelnden Armen und nach außen gedrehten Händen, die Finger ständig in Bewegung. Sie hatte helle, runde Augen in einem lächelnden Gesicht, helle, glatte Haare und trug ein glänzendes weißes Kleid. Sie sah grotesk aus und doch gespenstisch vertraut.
»Dir geht es gut, ja?« sagte die Frau, hockte sich mühelos hin und stellte die Füße nebeneinander. Sie fuhr mit den Fingern über den Sand hin und her. »Setz dich zu mir, und hör auf, mich anzustarren. Wir mußten uns irgendwann wiedertreffen.«
Sarah Jane setzte sich hin. Ihr war aufgefallen, daß die Frau wie ein großer weißer Fisch aussah und daß ihre flatternden Finger Flossen ähnelten. An jedem ihrer Finger, auch an den Daumen, steckte ein breiter Silberring – nur am rechten Zeigefinger nicht.
»Sind Sie . . .? Haben Sie . . .?« Weil ihr die Worte fehlten, streckte Sarah Jane ihr ihre Hand mit dem Silberring hin.
Die Frau lächelte und putzte sich ein wenig. »Du brauchst dich nicht zu bedanken. Er war eine kleine Belohnung dafür, daß du mich gerettet hast. Mir genügt als Dank, daß du glücklich bist, und das bist du allem Anschein nach.«
Sarah Jane nahm das als gegeben hin, denn eine Fischfrau, die ihre Gestalt ändern konnte, mußte es ja wissen. Sie stammelte: »Werde ich irgendwann wachsen?«
Die Fischfrau lachte. »Nein, Kind, keine Angst. Groß werden führt zum Tod, und das ist ein jämmerlicher Lohn. Nein, ich

habe dir die Freiheit des Wassers geschenkt, und sie gehört dir, bis du sie zurückgibst.«

»Ich kann sie nicht zurückgeben – der Ring geht nicht ab.«

»Dummes Kind! Sobald du ihn zurückgeben *willst,* wird er *abfallen.«*

»Und dann werde ich groß und kehre zu meinen Leuten zurück?«

Die Fischfrau runzelte ein wenig die Stirn. »Alles wird seinen natürlichen Lauf nehmen, und du wirst gehen, wohin immer es richtig ist.«

Sarah Jane dachte darüber nach. »Wenn bis jetzt alles seinen natürlichen Lauf genommen hätte«, sagte sie vorsichtig, »dann müßte ich schätzungsweise ziemlich alt sein.«

»Das ist möglich. Würdest du es dir wünschen?«

»Ich weiß es nicht. Als einziges . . . würde ich mir wünschen, nicht allein in der Wildnis zu leben. Ich würde mich zurückwünschen in ein Haus mit einer Küche und zu Leuten, die von diesem und jenem erzählen. Ich habe nichts weiter getan, als mit einem Stück gesalzenen Hammelfleischs und den Kleidern, die ich anhatte, wegzulaufen! Nicht ich habe die Soßenschüssel zerbrochen, die Köchin war es!«

»Du würdest dir wünschen, als alte Frau immer noch eine Magd zu sein und in der Küche zu stehen?«

Die Fischfrau rollte ihre runden Augen gegen sie, und Sarah Jane ließ den Kopf hängen. »Nein«, flüsterte sie. »Ich will bloß nicht als Teufelin gelten.«

»Ich kann daran nichts Schlechtes sehen. Du bist ziemlich kräftig. Vielleicht ahnst du noch gar nichts von deiner Gabe.«

»O doch! Früher konnte ich nicht schwimmen, und heute habe

ich ein Gespür fürs Meer und für Flüsse – es ist, als würde ich sie gut kennen.«

Die Fischfrau schwenkte ihre weißen Hände. »Aber bist du unterirdisch in ihnen über Felsen geschwommen, die wie Eis glitzern? Du könntest es tun. Bist du mit den Wolken gezogen und bei einem Unwetter mit den Blitzen über den Himmel gefahren? Du könntest auch das tun. Und das Meer – was weißt du vom Meer?«

»Ich liebe das Meer. Mein Vater hat mir viel davon erzählt.«

»Hat er von den Untiefen erzählt, wo die Fische vor Licht leuchten? Oder den versunkenen Städten, wo Delphine die Glocken läuten? Oder den Gärten und Wäldern des Meeres, die in den Gezeiten hin und her wogen?«

Sarah Jane schüttelte den Kopf. Sie war verzückt.

Die Fischfrau beugte sich näher und flüsterte: »Kannst du dir denken, warum ich hier bin? Um das alte Meer zu besuchen, in dem ich erschaffen wurde. Und kannst du dir denken, wo es liegt? Unter der Erde verborgen! Aber es wird zurückkehren. Wasser ist niemals verloren.« Sie rappelte sich auf. »Nein, Kind, du darfst deine Gabe nicht zurückgeben, ehe du sie kennengelernt hast. Komm, du mußt den Garten des Meeres besuchen, seinen Wasserfall und den Strand, an dem es statt Muscheln Edelsteine gibt.« Sie drehte sich um und ging durch die Dünen zum Meer.

»Sie wissen so viel«, sagte Sarah Jane und folgte ihr. »Kennen Sie den Jungen? Den mit der Gabe des Feuers?«

Die Fischfrau sagte: »Ah.«

»Er ist auch nicht gewachsen, genau wie ich. Wird das so bleiben, bis er das Feuer zurückgibt, was meinen Sie?«

»Wahrscheinlich«, sagte die Fischfrau.

Sarah Jane war beruhigt, denn sie konnte sich nicht vorstellen, daß der Junge das Feuer je zurückgeben würde. Sie ging mit der Fischfrau ins Meer und war so aufgeregt, daß es sich anfühlte wie Angst.

Wellen zogen sie hinab und wirbelten sie wie ein Blatt umher. Zusammen mit der Fischfrau tauchte sie unter die Wellen, sah die glänzende Oberfläche oben und den wirbelnden Sand unten, leuchtende Luftblasen, schwimmende Fische und wogende Seegraswiesen. Glatte Robben kamen angeschwommen – sie bekam eine Flosse oder einen Schwanz zu fassen. Sie konnte schwimmen und sich drehen wie eine Robbe, Luft holen und hinabtauchen wie eine Robbe! Wenn es das hieß, eine Teufelin zu sein, dann war es mehr, als sie vermutet hatte.

Da gab es einen großen Wald aus baumhohem Riementang, dessen Stämme ins Dunkel hinabreichten und dessen lange grüne Stränge unter dem glasartigen Dach des Meeres hin und her wogten. Vögeln gleich, lebten darin Fische, und Sarah Jane flog mit den Fischen. Sie war ein Vogel in den Wäldern des Meeres. Tiefer unten, in großen granitenen Felsen, erstrahlten die Fischfrau und sie in einem grünweißen Licht zwischen den Schwämmen, Korallen und Seesternen, Seeanemonen und Seeigeln.

Sie aßen Meerespflanzen, Meeresfrüchte und Austern. Des Nachts ruhten sie auf dem Meer aus und schliefen, während Ebbe und Flut sie auf und ab trugen.

Am Tag schwammen sie in große Höhlen, wo sich unterirdische Flüsse ins Meer ergossen. Sie folgten den Höhlen tief unter der Erde in Wasser, das weich und süß war, und sahen Panzerkrebse,

Aale und die Knochen von riesigen, vor langer Zeit ausgestorbenen Tieren. Lichtstrahlen stießen herab wie Schwerter, und sie blickten durch klares Wasser zum blauen Himmel und Kiefern hoch droben. Große seidene Krautflechten bewegten sich mit dem Wasser. Grüne Gärten standen in Blüte, und die Pflanzen wandten sich, Stiel um Stiel und Blatt um Blatt, einander zu wie Tänzer. Sarah Jane wußte, daß sie all das in den Träumen des Schlafenden Sees schon gesehen hatte.

Sie kehrten zurück zum Meer, glitten auf Winden dahin und sahen auf Grund gelaufene, von Sand begrabene Schiffe. Das Meer war voller Wunder, und die Fischfrau kannte die Geschichten von all den Wracks. Das Wasser an der Oberfläche war bei Tag von einem sonnendurchfluteten Grün, und in der Nacht funkelten darauf die Sterne.

Der Junge wachte in der Morgendämmerung am Strand auf und wußte nicht, wie er dorthin gelangt war. Sein Kopf war erfüllt von den Worten Loo-Errns und der Erinnerung an dunkle, wissende Augen. Die Erinnerung festhaltend, lag er lange still da und achtete nicht auf den Strand. Als er schließlich aufstand, nahm er das alte, kaputte Schiffswrack in der Bucht wahr. Er hatte es zuvor dort nicht bemerkt.

Plötzlich war ihm danach, S'Jane zu suchen, und er lief eilig über den Strand zurück. Er konnte die Stelle, an der er gegessen und geschlafen hatte, nicht wiederfinden – die Heide war entweder zu alt oder vom Wind losgerissen. Nur anhand des Lands, das unverändert war, und Wamooms Berg fand er den Rückweg. Er schlief an dem kleinen Fluß, an den er sich erinnern konnte. Am nächsten Morgen kletterte er zum Lager oberhalb davon. Es

war seit langem verlassen. Verkohlte Holzstückchen unter dem Unkraut zeigten an, daß S'Jane die Feuer nicht begraben hatte. Dort, wo die Schutzdächer gewesen waren, moderten Rindenstreifen vor sich hin. Unter S'Janes Rindendach wölbte sich etwas: Voller Entsetzen zerrte er daran, doch es lag kein Skelett darunter. Da lagen bloß ihre hart gewordenen Opossumfelle, die vor sich hin faulten, der Hornkamm und das Messer.
Er nahm Kamm und Messer an sich und versuchte zu überlegen, was er tun sollte. Sorge vermischte sich mit Angst und verwandelte sich schließlich in Wut. Er hatte ihr doch gesagt, daß er Loo-Errn allein aufsuchen mußte – warum konnte sie nicht warten, wie es sich gehörte, und wo steckte sie jetzt? Er tobte, schrie, warf Steine und trampelte mit den Füßen auf die Opossumfelle.

Sarah Jane und die Fischfrau bogen über Seegraswiesen nach Süden und stießen auf eine Strömung, die nach Osten verlief. Sie sahen spielende Delphine, Rochen und einen großen Wal mit kleinen, schläfrigen Augen. Die Strömung trieb sie rasch vorwärts.
»Wie weit ist es noch?« fragte Sarah Jane plötzlich unruhig, denn Tage und Nächte waren verstrichen, und vielleicht wartete der Junge auf sie. Vielleicht wanderte er auch allein weiter, und ohne ihn konnte sie sich ihr Dasein als Teufelin nicht vorstellen.
»Ziemlich weit«, sagte die Fischfrau und sah nach den Sternen. »Hol ganz tief Luft, und nimm meine Hand.«
Die Strömung schloß sich um sie wie eine fest zudrückende Hand und fegte sie in die Tiefe: schneller und immer schneller, tiefer und immer tiefer. Sarah Jane klammerte sich an die

Silberringe der Fischfrau. Es war, als wirbelte und taumelte sie in den Mittelpunkt der Erde – sie befanden sich in einem Wasserfall unter dem Meer.

Sie kamen in dunkles, ruhiges Wasser, wo seltsame Geschöpfe vor blaugrünem Licht leuchteten und wie Kometen vorüberzogen. Da gab es kleine Grätenfische mit riesigen Mäulern, Kreaturen mit langen zarten Gliedern und andere mit spitzenartigen, zitternden Formen. Die Fischfrau wollte dort nicht bleiben und stieg schnell durch das ruhige Wasser zu den Sternen hoch.

»Verursachen die Gezeiten den Wasserfall?«

»Nein, Kind, der nahende Winter, er wirbelt die Strömung auf. Im Sommer gibt es keinen Wasserfall.«

Im Sonnenlicht stießen sie auf eine Insel mit einer steinigen Bucht unter hoch aufragenden Bergen und kletterten an Land. Weit im Norden, wo Meer und Himmel zusammenstießen, war ein rauchiger Dunstschleier. Der Fischfrau nach lag dort das Festland. Sarah Jane sammelte Honig und Samenkörner im Busch. Aus Angst, daß sie sich irrte, aß sie, auf sich allein gestellt, lieber keine Schalentiere. Denn hatte sie einmal nicht beinahe die Fischfrau verspeist? Sie trank frisches Wasser, das sie im Sand ausgrub, und ruhte sich am Strand aus.

Aber die Insel kam ihr seltsam und unbehaglich vor. Die Sonne war zu blaß und blau, die Luft zu dunstig, und irgendwo ertönte ein Wehklagen, das Sarah Jane nicht deuten konnte. Sie schlummerte ein, vernahm klagende Stimmen, wachte auf und hörte sie nicht mehr. Die Sonne wurde blauer, und die Luft roch nach Rauch. Ihr war beklommen zumute.

»Hier, Kind!« sagte die Fischfrau, die zwischen Felsen zum Vorschein kam. Sie leerte etwas in Sarah Janes Hand.

»Kieselsteine«, sagte Sarah Jane. Es waren drei an der Zahl, und sie sahen aus wie Milchglas, mit einem Funkeln hier und da.

Die Fischfrau lachte freundlich. »Edelsteine, meine Liebe.«

»So was! Für Edelsteine sind sie aber sehr matt!«

»Nicht matter als die meisten anderen. Polieren bringt sie zum Glänzen.«

»Auch wenn ich sie poliere – ich weiß nicht, wie ich sie bei mir tragen soll. Ich würde sie bestimmt verlieren.« Sie zögerte, als sie sah, daß die Fischfrau ungehalten war. »Sie sind schrecklich nett – aber ich muß umkehren. Der Junge ist bestimmt wütend. Ich sollte auf ihn warten, wissen Sie.«

»Dann muß er eben auf dich warten.«

»Das wird er nicht tun. Er wird hingehen und das Land abbrennen. Irgendwo gibt's tatsächlich ein großes Feuer, das all den Rauch verursacht.«

»Es ist weit weg auf dem Festland. Hier bist du sicher.«

»An diesem traurigen Ort könnte ich nicht bleiben. Hierhin haben sich schon Leute verirrt und haben geweint. Ich kann sie hören. Ich muß umkehren und den Jungen suchen.«

»Dann mußt du allein gehen«, sagte die Fischfrau schroff.

Sarah Jane hob den Kopf. »Ich habe den Ring noch, er ist nicht abgefallen. Ich danke Ihnen für den Ring und dafür, daß Sie mir das Meer und die Edelsteine gezeigt haben.« Sie knickste zum Abschied und watete in den Ozean.

Es war schlimm, mit nichts als einem Silberring allein unterwegs zu sein. Die Ostströmung erfaßte Sarah Jane, und sie glaubte zu spüren, wie der Wasserfall sie in die Tiefe zog. »Ich will nicht da hinunter!« schrie sie und fügte beschwörend hinzu: »Ich habe schließlich den Ring!«

Das führte die Delphine her: Dunkle Schemen glitten herbei, weiße Unterseiten leuchteten auf. Sie öffneten ihre schnabelartigen Mäuler zu einem Lachen, und ihre Augen blitzten unter gewölbten Stirnen. Sie schwammen um sie herum, glitten weiter und forderten Sarah Jane auf mitzukommen. Jedesmal, wenn sie an die Oberfläche tauchte, um Luft zu holen, prustete neben ihr ein Delphin, jedesmal, wenn sie wieder eintauchte, empfingen sie sie mit Gezwitscher und Lachen. Es gab keine Angst mehr. Sie folgte ihnen unter dem glasartigen Dach des Meeres. Die Nacht brach an, und sie döste auf der Oberfläche, während ein plumper Kopf sie anstupste oder ein breiter Rücken sie trug. Quallen trieben vorüber, umrissen von ihrem eigenen blassen Leuchten. Sie vernahm das Unterwassergezwitscher der Delphine, und ihre Spuren leuchteten in Streifen und Wirbeln kometenartigen Lichts. Das Meer stieg in einer großen, langsamen Dünung an und trieb sie alle Richtung Land: Sarah Jane, die Quallen und die Delphine.

Einmal schreckte sie aus dem Schlaf hoch. Rauch verdüsterte die Sterne. Durch den Rauch drang ein langer Lichtstrahl und strich tastend und forschend übers Meer. Erneut leuchtete ein Strahl auf – und wieder einer. Sarah Jane zitterte vor Angst, bis ihr endlich die Geschichten ihres Vaters einfielen. »Die Schiffe brauchen ihn!« rief sie. »Es ist ein Leuchtturm!«

Ein andermal wurde sie von einem seltsamen Klopfen wach, das sie beunruhigte. Die Delphine waren fort: Vielleicht war das Festland nah oder eine Schule von Fischen. Die Dunkelheit vor ihr war mit Juwelen aus Feuern besetzt, aber der Morgen ließ sie bald schwächer werden und enthüllte ihr das Schiff. Es befand sich südlich von ihr, unterwegs nach Osten, machte im

Fahren ein klopfendes Geräusch und sandte eine hohe Rauchsäule in die Luft. Zuerst dachte sie, es stünde in Brand, dann sah sie den Schornstein zwischen den Masten und das große Rad am Heck, das durchs Meer pflügte.
Sarah Jane fühlte sich verloren und zitterte, wie an jenem Tag, an dem sie erfahren hatte, daß der König tot war. Die Schiffe sahen jetzt anders aus; sie erkannte sie nicht wieder. Massig und drohend wurde das Land durch den Rauch hindurch sichtbar. Ihr war klar, daß sie den Jungen niemals finden würde.

3

Im Morgengrauen stellte sich der Junge oben auf die Klippen, um nach S'Jane Ausschau zu halten. Er war sich sicher, daß sie zum Meer gegangen war, und vielleicht kam sie ja zurück.

Zuerst war er zu wütend gewesen, um nachdenken zu können. In seinem glühenden Zorn hatte er das Feuer entfesselt, hatte zugesehen, wie es durchs Land loderte, und gehofft, S'Jane käme zusammen mit den Eidechsen, Wallabys und Bandikuts angerannt. Doch sie kam nicht, und er ließ das Feuer bis über die Wipfel der Bäume hochbranden. Der Magooya floh auf riesigen Schwingen zusammen mit ihm – er war ein Adler mit roten, grimmigen Augen. Der Junge sah im Rauch Tiere umkommen, Häuser abbrennen, Menschen, die um sie kämpften – und das düstere, zornige Gesicht seines Großvaters. Nachdem er all das gesehen hatte, legte er sich, ohne etwas zu essen, zwei Tage lang in eine Höhle. Schließlich kam ihm das Meer wieder in den Sinn.

Die Buckel und Senken des Wassers waren in dichte Dunstwolken gehüllt; es hatte keinen Sinn, dort nach S'Jane Ausschau zu halten. Er sah den Lichtstrahl vorüberfegen und wußte, daß er ein Zauber der Weißen war. Das Schiff war vom Rauch ganz und gar verschluckt. So suchte er nur den dunstigen Strand und den kräuseligen Wellensaum ab und schaute nach etwas aus, das sich bewegte. Endlich erblickte er S'Jane.

Das zwischen Felsen hereinschäumende Meer beförderte sie an Land und ließ sie dort zurück. Es hatte sie so lange getragen, daß sie sich zum Laufen zu schwer fühlte und bloß den Strand hochkrabbeln konnte. Sie war erschöpft von Schiffen, Wind, Möwen und Delphinen, geheimen Gärten, Wasserfällen und dem gegen die Felsen klatschenden Meer. Den Magooya nahm sie erst wahr, als er mit seinen roten, funkelnden Augen, seinen Beinen, die Baumästen glichen, und seinen Klauen, die wie Fleischerhaken aussahen, kreischend über ihr schwebte.

Sarah Jane sprang auf. »Verschwinde, du widerliches Biest!« rief sie. »Anno Domini! Verhängnis! Faßgurke!« Sie schnitt dem Adler häßliche Fratzen, indem sie eine Erhängte nachmachte: Furchterregend ließ sie den Kopf herabbaumeln und die Zunge heraushängen. Aus Gewohnheit rief sie nach dem Jungen um Hilfe – und wie durch einen Zauber kam er rufend die Klippen hinabgerannt. Sarah Jane war so erleichtert, daß sie das Gesicht an den Knien verbarg, während der Magooya auf seinen gewaltigen Schwingen davonschwebte.

Sie blickte auf, als sie die Füße des Jungen neben sich sah. Er schaute stirnrunzelnd herab, ihren Kamm trug er an der Schnur um den Nacken. »Hast du dein Messer gefunden?« fragte Sarah Jane.

Er antwortete nicht, denn das Messer steckte deutlich sichtbar in seinem Lendengurt, und ihm fiel wieder ein, daß er Grund hatte, wütend zu sein.

»Überall auf dem Meer war der Rauch von deinem Feuer«, sagte Sarah Jane. »Ich habe ihr erzählt, daß du es entfacht hast – der Frau, die mir den Ring geschenkt hat. Sie ist mehr Frau als Fisch und trägt an allen Fingern Ringe, wie ich einen habe. Nur an einem Finger nicht. Ich habe gesagt, du brennst das Land ab. Aber sie wollte mich nicht zurückbringen, obwohl sie es war, die mich weggelotst hat. Mal abgesehen von den Delphinen, bin ich den ganzen Weg allein hergekommen. Die ganze Nahrung ist verbrannt! Soll ich Fische fangen?«

Er konnte sie wegen der Fischfrau mit den Silberringen nicht ausschimpfen oder verfluchen, aber er konnte ihr auch nicht sofort verzeihen. Mit finsterer Miene murmelte er: »Mit Fischen in der Hand kannst du nicht allein hier raufklettern.«

Sie erklommen einen Felssims, zwängten sich eine Spalte hoch und kamen auf eine bewaldete Ebene mit Bergen im Hintergrund. In den Ästen hing Rauch, aber der Wald war nicht abgebrannt.

»So was!« rief Sarah Jane. »Ich habe gedacht, daß bis aufs letzte Stöckchen alles verbrannt wäre! Es hat nach einer wild wütenden Feuersbrunst ausgesehen!«

»Das war es auch!« sagte der Junge stolz und warf den Kopf in den Nacken. »Von Marrna bis hierher hat es in allen Bergen gewütet. Deine Leute sind gerannt wie Ameisen, um es zu löschen.«

»Und du hast es entfacht und das ganze Land ruiniert. Warum hat es aufgehört?«

»Die Nacht hat es gelöscht, vielleicht auch das Meer. Ich habe nichts dagegen unternommen.«

»Zu nett von dir. Und du hast alle Nahrung abgebrannt?«

»Sei vernünftig, S'Jane. Da gibt's gebrutzelte und noch heiße Eidechsen, Bandikuts und Wurzeln. Diese Stelle und viele andere sind völlig verschont geblieben, und natürlich auch die Flüsse und das Meer.«

»Laß uns zu einem Fluß gehen, ja? Ich bin ganz ausgehungert und habe das Meer mit seinem Salzwasser satt. Dann erzähle ich dir von den Delphinen, den Wasserwäldern und von einem Schiff, das sich von allein voranbewegt.«

Sie gingen durch einen häßlich geschwärzten Wald, wo noch immer Rauchfähnchen aus Stämmen und herabgefallener Rinde aufstiegen. Vorsichtig, um sich nicht Füße oder Finger zu verbrennen, sammelten sie die gebackenen Knollen von Chrysanthemen und Erd-Orchideen, die geschmorten Schößlinge von Grasbäumen und Palmen, geröstete Raupen und Motten. Als die Sonne unterging, gelangten sie zwischen zwei Berghängen zu einem Fluß in einem kühlen, feuchten Wald. Das Feuer war auf die andere Seite übergesprungen und hatte den Wald verschont. Der Junge flocht aus Zweigen Schutzdächer und machte ein Feuer. Sarah Jane wusch sich im Fluß, setzte sich ins Wasser und entwirrte ihr Haar. Es war noch feucht, und als sie es löste, flackerte das kometenartige Licht des Meeres darin auf. »Was meinst du?« rief sie. »Wohin gehen wir jetzt?«

Er hätte sie mit einer knappen Antwort abgespeist, um sie weiter für seine Sorge und Angst zu bestrafen, weil aber das grüngoldene Licht in ihren Haaren aufblitzte, wurde er bescheiden und unterließ es. »Nach Nordwesten«, sagte er, »ins Dürre Land zum See, wo das Wasser umherwandert. Um meinen Großen Urahnen zu suchen. Er ist ganz in glänzenden Stein gehüllt, aus der Zeit, in der das Land erschaffen wurde. Ich muß ihm die Axt meines Großvaters geben.«

Als sie die Worte vollends in sich aufgenommen hatte, sagte sie: »Du bist also bei Loo-Errn gewesen.«

Er nickte. Später in der Dunkelheit erzählte er ihr mit leiser

Stimme mehr: Von Wamoom, das aus dem Meer aufragte; davon, wie er mit seinem Leben in den Händen dorthin gegangen war; von dem Nebel und der großen weißen Gestalt, die in ihn eingehüllt war; davon, wie er Loo-Errn mit Feuer angefleht und wie der ihn erhört hatte. Der Junge sprach von Macht und Weisheit, aber nicht davon, daß ihm eine geheime Gabe gegeben worden sei, und er erwähnte auch nicht, was Loo-Errn zu ihm gesagt hatte. Auch Sarah Jane wurde bescheiden und stellte keine Fragen.

Als sie schliefen, kam der Magooya leise zu ihren Feuern: nicht als gewaltiger Adler, sondern klein, in der ihm eigenen Gestalt. Er wachte dort die ganze Nacht, denn in diesem veränderten Land waren nur der Junge und das Mädchen noch wie einst.

Der Große Urahne

1

Wo liegt das Dürre Land? Und wo der See, in dem das Wasser umherwandert?«
»Quer durch die Wälder nach Norden zum Großen Fluß, dann nach Westen, bis er zum Meer führt. Zum See geht's nach Norden durch die Berge im Dürren Land, und westlich vom See ist das umherwandernde Wasser.«
»Wieder quer durch die Wälder zum Großen Fluß? Warum nehmen wir den weiten, schweren Weg? Die Küste verläuft auch nordwärts, das hab ich vom Meer aus gesehen. Sie führt uns zwangsläufig irgendwann zum Fluß, außerdem könnten wir uns da unterwegs von Fischen und Austern ernähren.«
»Oh, S'Jane! Ich muß tun, was Loo-Errn mir aufgetragen hat. Und es wird dort noch andere Flüsse geben – wie soll ich da den richtigen erkennen?«
»Das laß meine Sorge sein.«
Aber der Junge sagte bloß: »Die Küste ist zu belebt, und ich kenne mich in dem Land nicht aus.«
»Unsinn«, sagte Sarah Jane. »Der Fluß führt ja auch zur Küste.« Aber sie wollte sich nicht wieder mit ihm streiten.
Sie kletterten zerklüftete, verbrannte Hänge hoch und erblickten unten eine vor Masten und Schiffsschornsteinen wimmelnde

Bucht. Der Junge hatte sie schon gesehen, als er das Land mit Feuer überzogen hatte.

»Das sind die Schiffe, von denen du erzählt hast. Sie kommen an und bleiben dann dort vor Anker liegen. Vielleicht können sie nur in eine Richtung fahren.«

»Firlefanz! Sie kommen aus allen möglichen Richtungen hierher. Aber so viele! Als stünde eine Schlacht bevor.«

»Oberhalb von der Bucht ist eine Stadt mit Straßen und massenhaft Leuten.«

»Das ist aufregend. Wir könnten wieder herkommen, wenn du das mit dem Urahnen erledigt hast. Hier weiß man nichts von Mistress Allen oder Teufelsaugen. Sie werden uns nichts tun.«

»Mag sein«, sagte er. »Aber was stellen sie mit Kindern an, die nicht groß werden?«

Sarah Jane wußte darauf keine Antwort.

Auf der Hochebene war der Wald gelichtet oder gerodet worden. Da gab es Schafe, Kühe und bellende Hunde. Sarah Jane starrte auf ein Bauernhaus aus Zimmerholz, das Glasfenster und ein mit Schindeln gedecktes Dach besaß – dabei waren sie weit von Sydney entfernt. Um das ganze Haus herum gab es einen Blumengarten.

»Komm, S'Jane, es ist doch bloß irgendein Haus.«

Sie drehte sich zu ihm um. »Es könnte in einer Stadt stehen, so vornehm sieht es aus. Bestimmt gibt's da einen Koch und eine Küchenmagd. Aber für einen kleinen Eingeborenen ist eine Hütte oder ein Haus natürlich ein und dasselbe.«

Der Junge war beunruhigt. »Willst du zu deinen Leuten zurückkehren?«

Sie machte ihr Teufelsgesicht. »Eine Herumstreunerin in einem Rock aus Papierbaumrinde? ›Bitte, gnädige Frau, suchen Sie eine Küchenmagd? Ich heiße Sarah Jane Tranter, habe vor dreißig Jahren aus Mistress Allens Küche Essen gestohlen und bin ihr mit knapp zwölf weggelaufen.‹ Was das für ein Trara geben würde!«

Sie wanderten weiter zu den Bergen im Norden und dem Großen Fluß. Pfade kreuzten ihren Weg und einmal eine breitere Straße.

»Die führt zu dieser Stadt«, sagte der Junge.

Sarah Jane stürzte sich auf eine vergilbte Zeitung, die sich in einem Strauch verfangen hatte. »Das Neueste aus England! Irgendein Herr hat sie auf dem Heimweg von der Stadt verloren. Captain Allen hat sich auch immer eine Zeitung aus der Stadt mitgebracht!« Sie strich die Seite sorgfältig glatt.

»Was willst du damit?« spottete der Junge. »Du kannst sie ja doch nicht lesen!«

Sarah Janes gebräunte Haut lief rot an. »Vielleicht doch. Zumindest teilweise.« Sie beugte sich über die Seite. Zuerst erschien ihr das Gedruckte völlig rätselhaft, dann traten einzelne Buchstaben hervor. Angestrengt versuchte sie, sich Reverend Jenkins ins Gedächtnis zu rufen und wie er ihr das Lesen und Schreiben beigebracht hatte. Aber sie konnte nur ein Datum entziffern und las es traurig vor. »Achtzehnhundertvierundfünfzig . . . fast sechzig Jahre. Ein ganzes Menschenleben.« Der Junge schwieg. Sarah Jane faltete die Seite zusammen und stopfte sie in ihr Bündel.

Am Abend beim Feuer brütete sie wieder über der Zeitung. Da war ein Bild: eine von Leuten und Kutschen wimmelnde Straße. An den Straßenrand hatte der Zeichner einen Grasbaum und ein

Wallaby gemalt. Sarah Jane war verwirrt. Wieder und wieder überflog sie die Wörter unter dem Bild.
»Gold«, murmelte sie schließlich und versuchte eifrig, weitere Wörter zu entziffern. Nach einer Weile hielt sie dem Jungen die Zeitung hin. »Schau: Das da sind Leute, die nach Gold graben wollen. Hier steht was von einem Goldrausch.«
»Was ist Gold?«
»Das weiß doch jedes Kind. Sovereigns sind aus Gold und Ringe und Reverend Jenkins' Uhr. Gold ist kostbar.« Stirnrunzelnd sah sie auf die Zeitung. »Ein Grasbaum, sieh mal, und ein Wallaby. Und da ein Bild von einem großen neuen Gebäude, und schau dir all diese feinen Waren an. Die sind ein Vermögen wert. Sie sind gerade mit dem Schiff angekommen und gelöscht worden, berichten die Kaufleute.«
»Ich habe dir die Schiffe doch gezeigt«, sagte der Junge.
»Unsinn – Schiffe! Begreifst du denn nicht, daß das keine Nachrichten aus England sind? Es ist die Zeitung der Kolonie, eine Extraausgabe. Das Gold gibt es hier, und Hunderte von Leuten suchen danach. Hier steht, daß die Schiffe nicht lossegeln können, weil die Matrosen wegen dem Gold auf und davon sind. Was soll aus uns zwei Teufelskindern mit nichts am Leib in dem Gewirr bloß werden? Es gibt überall Städte, feine Geschäfte, Gold und in den Wäldern prachtvolle Häuser. Wohin sollen wir da gehen?«
»Erst nach Norden, dann nach Westen«, sagte der Junge, »ins Dürre Land zum See, wo das Wasser umherwandert.«
»Und da stoßen wir wieder auf eine Stadt, und dein Urahne ist des Goldes wegen ausgebuddelt, und alle starren uns nackte Wilde an.«

»Du hast keine Ahnung, S'Jane. Der Große Urahne ist bedeutender als Gold, und wenn wir uns in der Nacht anschleichen, wird uns kein Mensch anstarren.«

Sarah Jane warf die Zeitung ins Feuer. Alles war anders geworden, und der Junge und sie waren hinter der Zeit zurückgeblieben. Sie glichen Ameisen im Gras, die unbemerkt blieben, und folgten ihren eigenen geheimen Pfaden.

Die Tage vergingen, und noch immer wanderten sie auf der Suche nach dem Großen Fluß nach Norden. Bäume und Flüsse nahmen ab. Sie erklommen steinige Hänge in einem verlassenen Land. In der Nacht kamen Geister aus den Felsen: Klein von Statur und mit Klauen, sahen sie ansonsten den Behaarten ähnlich. Weil sie sie beim Haarekämmen anstarrten, hörte Sarah Jane auf damit. Der Junge weigerte sich, die Geister überhaupt anzusehen. Die beiden Kinder zogen weiter, und eines Tages erblickten sie, verborgen hinter Adlerfarn, eine Straße.

Gelber Staub hing über der Straße und den Menschen, die darauf zu Fuß unterwegs waren. Sie schleppten Gerätschaften, Decken, Töpfe und Bündel. Ochsen zogen einen Karren, der so hoch beladen war, daß er schwankte. Frauen trugen Kinder auf dem Arm, Leute machten Rast unter Bäumen, eine von Reitern mit Gewehren beschützte Kutsche kam angeschaukelt. Es sah aus wie auf dem Bild in der Zeitung.

Der Junge stupste Sarah Jane an. Sie stahlen sich weg. »Wahrhaftig ein Goldrausch!« keuchte Sarah Jane. »Da sind mehr Leute unterwegs, als es Gold auf der Welt gibt!« Sie versteckten sich, bis es dunkel wurde, und brieten sich auf einem kleinen Feuer zwischen Felsen Eidechsen. Unterdessen hatte sich der Trubel gelegt. Da waren nur noch verstreute Lager, Feuer und

Leute, die sich unterhielten oder sangen. Wie junge Hunde krochen die Kinder über die Straße, warfen sich in ein Gebüsch und stürzten in ein ausgetrocknetes Flußbett.
»Bestimmt haben sie uns gehört!«
»Wenn ja, dann denken sie, es wären Wallabys.«
»Ich würde ihnen gern bei der Arbeit zusehen, wie sie nach dem Gold graben.«
»Diesem wilden Haufen? Sei vernünftig, S'Jane.«
»Sie sind bloß so wild, weil sie unbedingt das Gold finden wollen. Wenn sie es erst haben, werden sie glücklich und zufrieden sein. Du willst doch auch, daß deine Leute glücklich sind, selbst wenn sie dich früher verfolgt haben?«
»Mich interessiert nur mein Großvater«, sagte der Junge schwach, denn mit den anderen hatte er nichts zu tun gehabt. »Seit ich als Teufel gelte, laufen sie vor mir weg«, fügte er hinzu. »Aber vorher haben sie mich mit ihren Speeren gejagt.«
Sie schliefen unter dem Klang fernen Gesangs ein. Die Berge – ein langes, dunkles Gebilde, das sich gegen den Himmel abzeichnete – ragten über ihnen auf.
Am Tag schienen die Berge zurückzuweichen, sobald die Kinder sich auf sie zubewegten. Aber über das offene Land ohne Straßen und lärmende Menschenmassen ließ es sich gut laufen. Sie hielten auf einen Berg zu, für den der Junge sich entschieden hatte, weil er nicht sehr steil war und weil an seinem Fuße ein Fluß herausfloß. Irgendwann gelangten sie an den Fluß und folgten ihm gegen die Strömung bergan, auch wenn Sarah Jane klagte, er sei schlammig. »Wieso ist er so trübe? In der Trockenzeit gibt es keinen Grund, daß das Wasser schlammig ist.«

»Vielleicht waren es Schafe«, sagte der Junge und dachte an die Überlandstraße. Neben dem Fluß verlief ein holpriger Weg.

Er verlor sich schließlich in einem dunklen, von Bäumen bestandenen ausgetrockneten Flußbett, und ein Bergkamm ragte vor ihnen auf. Die Sonne ging unter. Der Junge hatte einen Schnabeligel erlegt und nahm ihn an einem Stock baumelnd mit. Sie erklommen die Kammhöhe, um dort zu kampieren und ein Feuer zu machen – doch von hier oben aus sahen sie, daß weit das Flußbett hoch bereits Feuer brannten. Kräftige weiße Rauchsäulen stiegen über den Bäumen auf, und während die Kinder hinschauten, begannen neue hochzusteigen.

»Wir müssen uns einen anderen Hang suchen«, sagte Sarah Jane.

Der Junge runzelte die Stirn, denn dieser hier führte zum Gipfel.

»Erst wenn wir geprüft haben, was uns da erwartet«, brummte er.

»Garantiert ein widerlicher Haufen Buschräuber.«

»Buschräuber würden sich mit *einem* Feuer begnügen. Laß uns hingehen und nachsehen.«

»Tu, was du nicht lassen kannst«, sagte Sarah Jane. »Ich bleibe hier.« Aber am Ende wollte sie nicht allein dort warten und schlich ihm in der Dämmerung nach. Sie stiegen bergan, bis sie auf derselben Höhe mit dem Rauch waren, dann stahlen sie sich von Baum zu Baum seitlich ins Tal hinunter. Der Junge deutete, und sie kauerten sich zum Beobachten unter Büsche.

Die Feuer, vor jedem Zelt eines, befanden sich unten im ausgetrockneten Flußbett. Ein kleines Zeltdorf breitete sich unter den Bäumen aus. Es wurde in Töpfen und Pfannen auf den Feuern gerührt, und mit dem Rauch stieg der Duft nach Essen hoch.

Zwischen den Zelten verlief der Fluß, ein Rinnsal in einem breiten, flachen Flußbett, das bei Regen voll sein würde. Jetzt war das Flußbett voller Senken und Geröllhaufen und mit Fässern, Eimern, seltsamen Kästen, Schaufeln und Hacken übersät. Dazwischen tröpfelte träge vor Schlamm Wasser dahin.
Sarah Jane formte mit den Lippen ein Wort: »Gold!« Der Junge nickte und wollte sie wegzerren, aber sie verdrehte die Augen und streckte die Zunge heraus. Also blieb er da. Dies waren ihre Leute, Anno Domini achtzehnhundertvierundfünfzig, übers Meer hierhergeschippert. Angespannt vor Ungeduld, musterte sie sie, und auch der Junge beäugte sie.
Da saßen erschöpfte Männer beim Essen und ruhten sich aus. Sie hatten bärtige Gesichter, und zumeist trugen sie rote oder blaue Hemden. Einige Zelte waren neu und schön, andere alt und schäbig oder bestanden einfach aus einer über einen Ast geworfenen Decke. Den Kindern am nächsten stand eine Hütte aus Rinde, vor der eine Frau mit einem Tuch um die Schultern Tee kochte. An einer Leine hing Wäsche, und an einigen der Kleider war abzulesen, daß in dieser Hütte Kinder lebten.
Blitzartig fuhr der Junge hoch: Sarah Jane war aufgesprungen und rannte von Baum zu Baum den Hang hinab. War sie verrückt geworden? Er konnte nichts tun, als ihr nachzusehen. Sie erreichte die Wäscheleine, die hin und her zu schwingen begann. Sarah Jane kam zurückgerannt und hielt etwas in den Händen. Der Junge knirschte mit den Zähnen. Dann ging der Ärger los.
Irgendwer bemerkte die hin- und herschwingende Wäscheleine, ein anderer die wegrennende Gestalt, jemand rief: »Diebe!«, und der Schrei ging von Zelt zu Zelt: »Diebe! Diebe!« Männer mit

Brennholz, Hacken und Gewehren kamen angelaufen, denn Diebe waren das größte Übel auf den Goldfeldern. Der Junge rief: »S'Jane!«

Sie kam den Hang hochgekrabbelt und hielt etwas Dunkles umklammert. Er schnappte es, warf es den Berg hinunter und packte sie bei den Haaren. »Lauf!« befahl er, denn der brüllende Haufen war nah.

Die Männer riefen und schwenkten ihre Gewehre, mit gesträubten Bärten und funkelnden Augen. Der Junge sah sich nach einer Versteckmöglichkeit um. Da tauchte ein großer, wütender Hund vor ihm auf – der Magooya war gekommen. Der Junge zerrte Sarah Jane weiter und schrie wieder: »Renn!«

Und Sarah Jane rannte. Die Männer waren furchterregend. Dabei hatte sie eigentlich nicht stehlen wollen. Aber sie sehnte sich so sehr danach, ordentlich auszusehen und nicht wie ein Teufelskind. Zusammen mit dem Jungen rannte sie zu ihrem Lager, nahm, was er ihr zu schleppen gab, und folgte ihm die andere Seite des Bergkamms hinunter zu einem schützenden Felsen. Dort setzte sie sich hin und fing an zu weinen.

»Was sollte das denn?« bellte der Junge.

Sarah Jane weinte weiter.

»Ohne den Magooya wären wir jetzt tot oder eingesperrt.«

Sarah Jane legte den Kopf auf die Knie und schluchzte.

Der Junge seufzte. »Der Teufel muß in dich gefahren sein! Was hast du gestohlen?«

Sarah Jane schniefte und machte ein trotziges Gesicht. »Das müßtest du doch wissen, wo du es weggeworfen hast.«

»Irgendeinen nutzlosen Kleiderfetzen, der nun vor sich hin modert?«

Sarah Jane erhob sich würdevoll und ging.
Der Junge machte ein Feuer, garte den Schnabeligel, aß seine Hälfte auf, legte sich hin und dachte nach. Einige Zeit später tauchte Sarah Jane wieder auf. Sie fand ihren Anteil vom Schnabeligel und legte ihn aufs Feuer, um ihn von Ameisen zu säubern. In der Dunkelheit fing der Junge an zu reden.
»Du hattest recht. Dieser Weg ist zu mühsam, bei all den Menschen, der Straße und dem Gold. Wir gehen nach Westen und suchen die Stelle, wo der Große Fluß zum Meer fließt.«
»Das mit dem Kleid tut mir leid«, murmelte Sarah Jane, denn sie konnte nicht mit dem Jungen streiten. Sie mußten zusammenhalten.
Am Morgen wandten sie sich nach Westen. Sie legten eine weite Strecke zurück: zuerst an den Bergen entlang, dann über Gipfel, die sich wie Finger hochreckten, mit Tälern und kleinen Flüssen zwischendrin. Hin und wieder mußten sie in dem ansonsten menschenleeren Land ein paar Zelten von Goldsuchern ausweichen und ein-, zweimal einem einzelnen Haus mit niedrigem Dach.
Sie gelangten zu welligen Hochebenen mit finsteren alten Felsen, wo der Westwind sang wie das Meer. Sarah Jane drehte Fell zu einer Gürtelschnur und fertigte einen neuen Fellbeutel an, den sie daran befestigte. Oft kam eine Feuereidechse zu ihnen ans Feuer, und einmal stieß, mit warnenden Knackgeräuschen, eine Schnee-Eule herab.
»Flunkerer! Parramatta!« rief Sarah Jane. Die Eule verwandelte sich in einen Dingo, der mit seinen roten Augen rollte und mit seinen Zähnen zuschnappte. »Verschwinde!« rief sie, und aus dem Dingo wurde ein alter Mann, hochgewachsen, schmächtig

und mit großen roten Augen. Sarah Jane seufzte. »Was soll das? Was will das Geschöpf?«

»Es will uns angst machen«, vermutete der Junge.

»Wir fürchten doch kein Geschöpf, das uns vor allen möglichen Wilden gerettet hat. Nur schade, daß es derart schlechte Manieren hat.« Sie steckte die Daumen in die Ohren, wackelte mit den Fingern und ließ die Zunge heraushängen. Der Magooya verschwand krächzend vor Zorn im Zickzack zwischen den Ästen.

Wieder legten sie eine weite Strecke zurück, während neue Siedler in die verlassenen Gebiete im Westen vordrangen, neue Städte entstanden und Schafe und Rinder über endlos scheinende Ebenen getrieben wurden. Sie wanderten immer weiter, während Forscher auf Kamelen dahinritten, nach verschwundenen Seen suchten und nichts als roten, fließenden Sand und leere Flüsse fanden. Es gab heiße Tage und kalte Nächte, in denen die Sterne am Himmel größer und heller waren, weil sie ganz tief standen. Es gab Regenzeiten, in denen die ausgetrockneten Flußläufe plötzlich zu reißenden Strömen wurden, und Trockenzeiten, in denen Sarah Jane unter Felsen verborgen geheimes Wasser entdeckte. Die Zeit dehnte sich so sehr, daß sie fast vergaßen, wohin sie unterwegs waren. Aber eines Tages stießen sie zwischen Sumpfland und Bergen auf eine Straße.

»Wo kommt denn die so plötzlich her?« fragte Sarah Jane, denn die Straße wand sich endlos nach Osten und Westen durchs flache Land, und weit und breit war nichts in Sicht.

»Sicher von irgendeiner Goldgräberstelle«, sagte der Junge.

Anfangs nervös, folgten sie der Straße. Sie hielten oft an, um zu lauschen, machten selbst nur kleine Feuer und hielten nach Rauch von anderer Leute Feuern Ausschau. Doch es schien hier

nichts weiter zu geben als eine Straße, die sich im Busch verlor und nirgends hinführte. Am Ende gaben sie jede Vorsicht auf. Zu dieser Zeit war es auch, daß sie den Gesang hörten.
Er erwuchs aus der Stille und wurde allmählich lauter: ein seltsamer, trällernder Gesang. In den Ohren der Kinder klang er unirdisch, und sie kletterten schnell auf einen Baum. Der Gesang kam näher und entwickelte sich zu einer Art Chor.
»Böse Geister!« zischte der Junge und war auf dem Sprung wegzulaufen. Aber die Chorsänger waren schon zu nah.
In einer langen Reihe kamen sie von Westen her zum Vorschein, wie Ponys einer hinter dem andern hertrottend, und sangen ihren sonderbaren Gesang. Sie ähnelten Zwergen, aber alle sahen sie gleich aus und so fremdartig, daß die Kinder sie eindeutig für Teufel hielten. Sofern sie überhaupt Gesichter hatten, waren die fast ganz verborgen unter weiten, flachen, oben spitz zulaufenden Hüten. Sie trugen blaue Jacken, weite blaue Hosen und über den Schultern lange Stöcke mit Bündeln und Körben an beiden Enden. Scheinbar ohne etwas zu bemerken, marschierten sie unter dem Baum entlang. Als sie fort waren, ließen sich die Kinder auf den Boden fallen und rannten los.

2

Der trällernde Gesang der bösen Geister verklang im Osten, während die verängstigten Kinder nach Westen rannten. Ein niedriger Berg kam in Sicht, und Bäume säumten einen Flußlauf voller zerbröckelter Steine. Sie stürmten hin und entdeckten zwischen Felsen eine dunkle Öffnung. Sie krochen hinein, kauerten da und horchten.

Die singenden Teufel tauchten nicht wieder auf. Langsam begann sich aus dem Dunkel eine Höhle aufzutun: breit, niedrig und sicher, wie eine schützende Hand. Sie erstreckte sich unter dem Berg. Da gab es Fledermausgeflatter und lautlose Motten. Die Kinder krabbelten zwischen grauen Umrissen von Felsen an den Rand tiefster Dunkelheit. Sie kauerten unter der niedrigen Decke, während die Sonne unterging und es Abend wurde.

»Ich fürchte mich nicht vor Teufeln«, wagte Sarah Jane schließlich zu sagen. »Auch wenn überall um uns her welche sind – schließlich sind wir selber welche.« Sie streckte ihre schmerzenden Beine. »Wir sind hier an einem guten, sicheren Lagerplatz.«

»Warte hier«, sagte der Junge. »Ich gehe Holz holen.«

»Wasser ist ganz in der Nähe – wenn ich bloß ein brennendes Holzscheit hätte.«

Er nickte und kroch hinaus. Sarah Jane schüttelte Wurzeln und

eine Eidechse aus ihrem Beutel und füllte ihn mit großen grauen Motten von den Höhlenwänden.
Der Junge brachte Holz und schichtete ein Feuer auf. Motten flogen hinein, kleine Fledermäuse flatterten umher und hängten sich an die Wände, Steine glitzerten geheimnisvoll im Feuerschein. Der Junge versuchte, nicht hinzusehen.
»Du brauchst keine Angst zu haben«, sagte Sarah Jane voller Freude. »Es sind bloß Wasserjuwelen. Und jetzt, wo ich Licht habe, werde ich auch Wasser finden.«
Mit einem brennenden Stock verschwand sie in der Dunkelheit. Während er auf sie wartete, unterhielt der Junge das Feuer, wälzte Wurzeln in Asche und legte einen Stein zum Heißwerden hinein, um darauf Motten zu rösten. Der Stock flackerte wieder auf, und Sarah Jane erschien. Sie sagte kein Wort, sondern schaute bloß mit weit aufgerissenen Augen.
»Was ist?« sagte der Junge. »Hast du Wasser gefunden?«
Sie nickte.
»Was noch?«
Sarah Jane fand die Sprache wieder. »Ganz sicher – ich habe ihn gefunden. Deinen Urahnen, von Kopf bis Fuß in glänzendem Stein.«
Feuerschein loderte in den Augen des Jungen, er schüttelte aber sofort den Kopf. »Nein, S'Jane. Ich habe es dir erzählt – Loo-Errn hat mir den Ort genannt, es war nicht dieser hier.«
»Papperlapapp – Loo-Errn! Da ist dieser große Mann in Stein, und wegen ihm kommen wir nicht an das Wasser – er liegt im Weg.«
Der Junge runzelte die Stirn. »Setz dich hin. Laß uns abwarten bis zum Morgen.«

Sarah Jane stampfte mit den Füßen auf. »Nichts da – da unten ist es immer dunkel! Ich sage dir . . .«

»Kein Wort will ich hören! Wir können nicht an einem Grab schlafen, und da draußen treiben sich blaue Teufel in der Nacht rum. Mein Vorfahre würde zu mir sprechen, ich würde seine Stimme in mir drin hören.«

Er trug Brennholz tiefer in die Höhle, zündete ein weiteres Feuer an und sang dabei. Sarah Jane setzte sich hin und fing an, die Motten zu rösten, denn sie stellte fest, daß er mit dem Feuer den Durchgang versperrte.

Die ganze Nacht hindurch brannte das zweite Feuer. Am Morgen nahmen die Kinder brennende Zweige heraus und krochen einen langen, vor Wasser und bröckeligem Gestein rutschigen Gang hinab. Die brennenden Hölzer ließen Speere, Wellen und Wasserfälle aus funkelndem Stein aufleuchten. Der Junge hielt das für Wasserzauber, aber das machte nichts, denn S'Jane war ja im Besitz des Silberrings.

Dann versperrte eine umgestürzte Säule den Weg, die genauso glänzte wie alles übrige. Sie hatte die Form eines schlafenden Mannes, wie verwitterter Stein sie mitunter haben kann. Aber als Sarah Jane ihr brennendes Holz näher daranhielt, schaute aus dem glasartigen Stein ein dunkles, eingefallenes Gesicht.

Der Junge wich schnell zurück, und Sarah Jane tat es ihm gleich. »Ist es dein Urahne?« flüsterte sie.

Er schüttelte den Kopf, sagte aber nichts, bis sie wieder in der großen Höhle waren. »Es ist irgendein Mann. Der Stein läßt ihn so groß aussehen. Aber wie ist er nur hineingelangt? Es ist Zauberei. Es ist irgendein Weiser Mann. Nichts wie weg hier.«

Sie hasteten ins Freie. Unter den umgestürzten Felsen gab es

Wasser. Sie tranken davon und wuschen sich, um den Toten in der Höhle von sich abzustreifen.
An jenem Tag gelangten sie wieder zu der Straße und hielten sich weiter nördlich, um sie hinter sich zu lassen, weil der Junge sagte, es sei ein Teufelsweg. Von Zeit zu Zeit aber stießen sie bei ihrer Wanderung nach Westen wieder auf sie, sahen Männer auf Pferden, Leute, die Lasten schleppten und Handkarren schoben, und eine Schafherde, die in einer Staubwolke westwärts zog. So erfuhren sie, daß die Siedlungen und Goldfelder des Ostens sich bis zu diesen weit im Westen gelegenen Gebieten ausgedehnt hatten. Die Straße wurde von Menschen benutzt, nicht von fremden Geistern, und sie konnten sich nah heranwagen.
Eines Tages machten sie an der Straße in einem Mallee-Wäldchen Rast, als wieder blaue Teufel – einer nach dem anderen – in Sicht getrottet kamen. Vor Schreck rührten sich die Kinder nicht und standen wie erstarrt unter den Mallee-Bäumen. Nachdem die Teufel vorbeigezogen waren, stieß Sarah Jane einen leisen, verwunderten Laut aus.
»Es sind gar keine Teufel! Mein Vater hat mir von ihnen erzählt. Es sind Chinesen, sieh dir ihre Zöpfe an!«
Indem er sich von unten statt von einem Baum herab ihre Gesichter ansah, stellte auch der Junge fest, daß es Menschen waren. Die Chinesen, die an einer einsamen Küste an Land gebracht worden waren und sich auf eigene Faust in dem verlassenen Land zu den Goldfeldern durchgeschlagen hatten, verschwanden im Osten – und der Junge und das Mädchen wanderten nach Westen.
Es folgte ein Berg auf den anderen, die Senken dazwischen

waren voll von angespültem Schlamm und Geröll. Tief unter ihnen spürte Sarah Jane das Tosen von Flüssen, geheime unterirdische Wassergärten und in Höhlen verborgene Knochen. Sie hörte im Schlaf die alte, bedächtige Stimme des Meeres, die von Riementangwäldern erzählte, in denen Fische vogelgleich dahinschnellten, von verlorengegangenen Schiffen, von Stürmen und von Glocken, die in versunkenen Städten läuteten.

»Es ist nicht mehr weit bis zum Meer«, sagte sie zu dem Jungen.

Eines Tages endlich hörten sie es rauschen.

Es lag hinter Dünen, die der Wind zu Hügeln aufgetürmt und zu Tälern eingeschnitten hatte. Die Kinder liefen durch die Täler und stapften einen der Hügel hoch. Unter ihnen lag der Strand. In großen heranwälzenden Wellen, die auf den Sand klatschten, kam die Flut angepeitscht. Die Kinder rutschten den Sandhügel hinunter und sausten über den Strand.

Er führte nach Norden und machte einen weiten, weiten Bogen nach Westen, bis er sich in der Ferne verlor. Irgendwo an diesem blendenden, schimmernden Strand mit seinem Dunstschleier mußte der Große Fluß zum Meer gelangen. Auf den Erhebungen und in den Senken der Dünen wuchsen niedrige, von Wind und Stürmen zerzauste kleinwüchsige Sträucher und Grasbüschel. Es gab jedoch auch geschützte Stellen mit warmem, trockenem Sand, und im Sand vergraben fanden sie frisches, kühles Süßwasser. Da gab es Spuren von Krabben, Eidechsen und kleinen Pelztieren, abgestorbene Büsche zum Feuermachen oder für Schutzdächer, wuchernde Mittagsblumen mit roten Früchten und süße junge Grastriebe.

Die Küste war ideal für ihre Wanderung. Die Flut wälzte sich über den langen Strand und versorgte sie mit Fischen. Wenn das

Wasser wieder ablief, bildeten sich im nassen Sand Blasen, wo sich Herzmuscheln, Würmer und kleine Krabben verbargen. Der Wind trieb schwirrend und schneidend den Sand vor sich her. Weit draußen, fast am Horizont, gab es Schiffe mit geblähten Segeln, und auch solche ohne Segel, die statt dessen rauchende Schornsteine hatten.

Lange wanderten die Kinder weiter. Der Strand zog sich vor ihnen dahin und verlor sich in der Ferne. Der Junge bekam es mit der Angst zu tun, daß sie den Großen Fluß verloren hätten.

»Weißt du es, S'Jane? Er ist so groß, du müßtest ihn spüren. Ist er nicht nahebei?«

»Wie kann ich den Fluß spüren, wenn das Meer so stark ist? Wir werden schon beizeiten drauf stoßen, du wirst sehen.«

Statt dessen gelangten sie hinter den Sanddünen zu einem sumpfigen Streifen Land – es sah aus, als würde das Meer bei Stürmen dorthin gepeitscht.

Allmählich ging der sumpfige Streifen in einen langen See über. Im Schutz der Dünen, die er vom Land abschnitt und die in der Ferne mit ihm zu verschmelzen schienen, erstreckte er sich nach Nordwesten. Das seichte Wasser wimmelte von Vögeln: Es war ein guter Platz zum Schwimmen und um Eier und Riedgraswurzeln zu sammeln. Hin und wieder tauchte dort eine Gruppe Schwarzer auf der Suche nach Nahrung auf – schlanke, ruhige Menschen, die wie die Weißen Kleider trugen. Die Kinder versteckten sich dann in den Sandhügeln oder liefen hinunter zum Strand, den sie für sich allein hatten.

»Meinst du, sie werden Jagd auf uns machen, obwohl wir so weit weg sind? Oder halten sie uns für böse Geister und lassen uns in Ruhe?«

»Kann sein. Vielleicht haben sie aber auch keine Angst mehr vor Teufelsaugen, wo sie doch inzwischen Kleider tragen.«
»Sollen wir quer übers Land ziehen und ihre Gegend verlassen?«
Der Junge schüttelte den Kopf. »Hier ist es ruhiger. Keine Straße, keine Leute, die auf Gold aus sind. Wenn es Schwierigkeiten gibt, können wir immer noch landeinwärts laufen.«
»Gut, aber wenn wir hierbleiben, mußt du die Feuereidechse von deinem Fuß nehmen und sie auf deinen Gürtel setzen. Vor lauter Wasser und Strand ist das arme Ding ganz durcheinander.«
»Sie hat uns den ganzen weiten Weg über begleitet – warum soll sie jetzt plötzlich durcheinander sein? Wenn sie ein Magooya ist, kann sie sich in einen Vogel verwandeln und fliegen.«
»Du weißt, daß sie sich vor dem Wasser fürchtet. So klein, wie sie ist, braucht sie Hilfe. Herrje, du wärst auch froh, wenn dir geholfen würde.«
Er glaubte nicht, daß die Feuereidechse und der Magooya eins waren, aber er konnte nicht sicher sein. Und es stimmte, daß er dem Magooya Hilfe schuldete, nachdem der ihnen so oft geholfen hatte. Er warf einen glühenden Blick auf die Feuereidechse, hob sie auf und setzte sie auf seine Axt. Das Messer war inzwischen so abgewetzt und voller Zacken, daß sie es sicherheitshalber in Sarah Janes Beutel aufbewahrten.
So gingen die Tage dahin, und der ferne Dunstschleier wich vor ihnen zurück. Des Nachts leuchteten lange Lichtstrahlen daraus hervor und suchten das Meer nach Schiffen ab. Manchmal drang ein Strahl in die Dünen vor und weckte die Kinder in ihren Nestern aus Sand auf. Ihnen wurde klar, daß es auch hier, so weit weg von den Orten im Osten, Weiße geben mußte und neue Siedlungen.

In der Ferne ragten die Umrisse von Bergen in die Höhe. Zwischen Inseln öffnete sich weit der See. Schiffe schienen über den Strand zu segeln und in den See hineinzufahren. Schließlich konnten sie erkennen, daß der Strand auf der Höhe des Sees endete. Jetzt gab es Inseln in der Nähe, und die Kinder konnten den See von Insel zu Insel durchqueren – die Feuereidechse verstauten sie dabei in Sarah Janes Beutel. »Vielleicht ist es das Wasser des Großen Flusses«, sagte sie zu dem Jungen, als sie sich am Ufer ausruhten. »Ich kann Wälder darin fühlen, und Schnee.«

Er nickte. Vor langer Zeit, am See im Osten, hatte sein Großvater ihm von dem gewaltigen See weit weg an der Mündung des Großen Flusses erzählt. Er erinnerte sich an die Geschichten von seiner Erschaffung und dem Zauber, den er beherbergte. Sie handelten von anderen Dingen als die Geschichten jetzt.

Nun gab es Schiffe, die mit großen Schaufelrädern das Meer aufwühlten, deren Schornsteine schnurrten wie Riesenkatzen und die lange Lastkähne im Schlepptau hatten. Es gab eine Stadt mit einem Gewirr von Schiffsmasten und -schornsteinen. Männer in kurzen Jacken und breiten Hüten sprachen auf eine Weise, die Sarah Jane als fremd empfand. Frauen versteckten sich unter ihren Hüten und trugen Kleider, die so ausladend waren, daß niemand sich ihnen nähern konnte. Es gab Schafe und Kühe und Hunde und Lärm. Es war so lange her, seit die Kinder derlei gesehen oder gehört hatten, daß sie sich vorkamen wie Fremde, die nicht wußten, wohin. Aber Sarah Jane konnte nicht aufhören hinzuschauen.

»Wie kann es hier eine Stadt geben, so weit weg? Unterwegs haben wir nichts davon bemerkt.«

»Doch. Der Fluß, die Schiffe und diese Straße haben sie herverfrachtet.«
Sie umgingen Städte und Bauernhöfe und versteckten sich vor Leuten. Sie stiegen Berge hoch, erblickten von oben noch mehr Städte und im Hintergrund immer wieder das Meer. In der Nacht flackerten in den Städten Laternen auf langen Pfählen, um die Straßen zu beleuchten, und bei Tag sahen sie eine feurige Maschine, die Dampfwolken ausstieß und zischte. Schneller als Pferde galoppieren könnten, zog sie eine lange Reihe von Waggons hinter sich her. Selbst Sarah Jane machte das angst.
Die Berge verliefen nach Norden, wie Loo-Errn gesagt hatte. Unterhalb von ihnen reichte ein langer Meeresarm ins Land hinein. Die Küste war bevölkert von Siedlern, aber in den Bergen herrschte Ruhe. Sie beschafften sich Nahrung und Wasser, gelegentlich auch auf einem Bauernhof, und fanden Felsen und Hänge, um sich zu verstecken. Einmal, in einem ausgetrockneten Flußbett, spürten die Kinder, daß Augen sie beobachteten, und erblickten zwischen den Bäumen Schwarze. Aber sie musterten sie bloß und gingen weg. Wie die anderen waren sie schlank und trugen Kleider.
Es war eine langwierige Angelegenheit, die Berge zu erklimmen. Sarah Jane blickte sehnsüchtig über ein grünes Tal zum Meer. »Es ist weit bis zum Dürren Land. Bestimmt haben wir den falschen Weg eingeschlagen.«
Der Junge blickte finster, weil ihm beklommen zumute war, und sagte barsch: »Es gibt keinen falschen Weg nach Norden.«
Eines Nachts kampierten sie hoch oben in den Bergen, und im Schlaf hörte Sarah Jane einen Klang, der sie aufweckte. Es war ein hohes, süßes Läuten, wie ein einzelner langgezogener Ton.

Im Schlaf war er ihr laut und seltsam vorgekommen, aber wach fing sie bloß schwache Echos auf, die zu Stille verklangen. Sie setzte sich unter den Sternen auf und stellte fest, daß auch der Junge lauschend dasaß.

»Was war das?« flüsterte sie.

Er hob eine Hand, damit sie stillschwieg. »Horch.«

Sie lauschte. Sie konnte es bloß rhythmisch schlagen und verklingen hören, wie das Nachhallen einer Glocke. »Was ist das?«

»Vielleicht mein Urahne«, murmelte er und wollte es nicht aussprechen. Denn sie war ein Mädchen, eine Weiße dazu, und er war überzeugt, daß der Klang nicht für ihre Ohren bestimmt war.

»Hörst du ihn klar und deutlich?«

»Deutlicher als eben. Hör hin.« Für ihn war es nicht der Nachklang einer Glocke, sondern ein endloses gesungenes Wort wie das niemals endende Wort des Meeres. Er konnte das Wort nicht verstehen, meinte aber, es könnte *Zeit* und *für immer* heißen.

»Hat er gesagt, an welchem Ort er sich aufhält?«

Der Junge schüttelte den Kopf und sagte wieder: »Horch.« Sie lauschten, bis sie einschliefen. Am Morgen stellte Sarah Jane Fragen, die der Junge nicht beantworten konnte.

»Glaubst du, daß er in der Nähe ist?«

»Näher als vorher.«

»Ich wünschte, er würde etwas sagen.«

»Das hat er – zu mir.«

»Erzähl es mir. Was hat er gesagt?«

Aber der Junge konnte das Wort des Urahnen nicht nachsprechen. Er brummte bloß vor sich hin. »Du sollst es nicht zu hören bekommen. Es ist Männersache.« Sarah Jane steckte die Daumen in die Ohren und wackelte mit den Fingern.

Später stellten sie sich einmal auf eine Bergkuppe, um zuzuschauen, wie die Sonne hinter dunstigen Bergen über dem Wasser unterging. Der Junge nahm einen Augenblick lang Musik wahr, Sarah Jane deren Echo. In einer anderen Nacht erklang unter den Sternen Gesang an Stellen, wo der Rauch uralter Lagerfeuer leuchtete.

Mit einemmal jedoch lag das grüne Land hinter ihnen. Es gab keine Städte und Bauernhöfe mehr. Die Berge wurden steil, öde und kahl, waren vom Wind ausgehöhlt, überhängend und zerklüftet: Es war, als wären sie von der Erschaffung der Erde übriggeblieben. Sie zwangen die Kinder nach unten in Mulga-Büsche, wo es keine Ausblicke mehr auf das Meer gab.

Den ganzen Tag lang wanderten sie durch das trockene Buschland am Fuß der Berge. Sie bekamen keine Menschenseele zu Gesicht, obwohl sie hin und wieder auf Wagenradspuren stießen. Außerdem waren da zertrampelte Stellen, an denen hohe Pfähle errichtet worden waren. Sie sahen aus wie die Masten von Schiffen, und es war ein Draht an ihnen befestigt, der schlaff herabhing und von einem Mast zum nächsten führte. Sarah Jane fand, sie sähen lächerlich aus.

»Ist das ein Magooya-Zaun, was meinst du?«

»Es ist das Werk von deinen Leuten«, sagte der Junge finster. »Halt dich davon fern, S'Jane.«

Abends zogen sie wieder ein Stück die Berghänge hoch und kampierten an Stellen, wo es Wassertümpel gab. Die Berge ragten altersschwer vor ihnen auf, Sterne ruhten auf ihren Gipfeln. Leise und ängstlich kamen kleine Behaarte angeschlichen, unterwegs nach Norden, um dem Weißen Mann zu entfliehen. Gestaltlose Geister trieben dahin wie Nebel. Eulen äugten umher, und Schwalme riefen. Ins Feuer schauend, spürte Sarah Jane die Last der Zeit. Sie blickte zurück, auf der Suche nach ihren Eltern und ihrem Haus im Osten, aber die Bilder rannen einen langen, langen Tunnel von Jahren hinab; sie konnte nichts erkennen. »Ich bin und bleibe Sarah Jane Tranter«, sagte sie fest zu sich und blickte statt dessen auf die Feuereidechse.

»Wie alt werden Feuereidechsen?«

»Nicht sehr alt«, sagte der Junge und starrte ins Feuer. Auch er schaute den Tunnel von Jahren hinab. »Magooyas vielleicht schon.«

»Mein Ring sitzt lose. Er dreht sich an meinem Finger.«

Scharf sagte er: »Dann halt deine Hand geschlossen. Morgen werde ich ihn mit Gummiharz festkleben.«

»So fest sitzt er schon noch, er möchte bloß zum Meer. Vielleicht gehen wir morgen ja dorthin.«

Am nächsten Tag stiegen sie auf einen Berg, um nach dem Meer Ausschau zu halten. Im Nordwesten lagen das Ende der langen, schmalen Bucht und die Dächer einer kleinen Stadt. Darum blieben sie in den Bergen, bis sie die Stadt passiert hatten. Das Meer war nun außer Sicht, und das Buschland bestand nur noch aus graugrünem, auf steinigem Sandboden verstreutem Gestrüpp. Die hohen Masten mit ihren herabhängenden Drähten verliefen quer übers öde Land.

»Komm zurück, S'Jane, es ist zu gefährlich. Vielleicht kommen die Drähte runter und fangen dich.«

Die Tage vergingen. Wolken zogen vorüber, Donner grollte und Blitze zuckten. Mal waren die Berge im Norden in Regenschlei-

er gehüllt, mal entlud sich ein Unwetter nahebei. Dann verwandelten sich die trockenen Flußläufe in den Bergen in tosende Sturzbäche. Sie waren rasch wieder ausgetrocknet, aber niemals schlugen die Kinder ihr Lager in diesen Flußbetten auf.
Es kam der Tag, an dem sie wieder einen Berg hochstiegen und auf das Dürre Land herabsahen. Es lag kahl und öde in der untergehenden Sonne. Von den Bergen bis zum weiten, klaren Himmel war alles gelbbraun, ohne jedes Grün von Gras und Bäumen, nur hier und da gesprenkelt mit grauen Büschen und von Süd nach Nord mit jenen albernen Drähten überspannt, die von Mast zu Mast führten und durchhingen.
»Meine Güte«, flüsterte Sarah Jane. »Da können höchstens Ameisen oder Eidechsen überleben.«
»Du kannst hier auf mich warten«, sagte der Junge.
»Blödsinn. Wie willst du Wasser finden?«
»Da draußen leben nicht nur Ameisen und Eidechsen, sondern auch Menschen.«
»Nur die Ärmsten, die dort geboren sind.«
Das stimmte, und der Junge wußte darauf nichts zu erwidern. Er blinzelte. »Ganz weit da draußen leuchtet etwas. Wo die Sonne untergeht, schau. Vielleicht Wasser.«
Sarah Jane blinzelte auch. »Eher Sand. Sonst müßte es das Meer sein, so weit, wie es sich ausdehnt.«
»Der See«, sagte der Junge, plötzlich sicher. »Der See, wo das Wasser umherwandert.«
Sie schauten hinüber, während die Sonne hinter unsichtbaren Bergen versank. Aus weiter Ferne ertönte ein langgezogener Ton, floß dahin wie das Meer und klang wie eine Glocke: der Ruf des Großen Urahnen.

3

Der Ruf des Urahnen ertönte in die Stille hinein. Sarah Jane atmete auf. »Er verbindet alles miteinander«, flüsterte sie. Sie war nicht sicher, was der Ruf zu bedeuten hatte, aber dem Jungen verriet es, daß sie ihn deutlich gehört hatte.

Wieder schauten sie übers Dürre Land, während Schatten über sie hinweg nach Westen wanderten. Sarah Jane sagte: »Es muß Wasser geben, wenn dort Menschen leben, ob dort geboren oder nicht.«

»Und Schatten. Da sind so was wie abgeflachte Berge, siehst du sie? Und Flußbetten scheint es zu geben. Einige von den Wasserläufen hier werden dort münden.«

»Aber ganz sicher sind sie ausgetrocknet.«

»Ich weiß, aber wir brauchen Schatten. Am besten dafür sind Flußböschungen.«

»Wenn da überhaupt kein Wasser ist? Ein Hügel gibt mehr Schatten.«

»Und wir laufen einfach von Hügel zu Hügel? Sei vernünftig, S'Jane. Ein Wasserlauf *muß* irgendwo hinfließen. Vielleicht führt er geradewegs zum See, wie eine Straße. Vielleicht fließt das Wasser unterirdisch.«

»Es kann sein, daß er ein Stück weit führt, und dann sind da bloß noch Sand und Geröll.«

»Aber dann kann man immer noch umkehren, oder?« rief er. »Der Flußlauf hat einen hingeführt, also kann man auch leicht wieder zurückfinden!«

Sarah Jane gab die Erhängte zum besten. Vor Wut trieb es den Jungen den Berg hinunter, so daß sie ihm nachlaufen mußte.

Drei Tage später entdeckten sie einen Bach, der Wasser führte. Er floß von Osten her unter einem hohen Gipfel aus den Bergen, deren Hänge unten mit einem Wald weit ausladender Flußeukalypten bedeckt waren. Von dort floß er durch ein schattiges Wasserloch nach Norden und bog schließlich nach Westen ab ins Dürre Land. Vereinzelte Flußeukalypten und Kasuarinen säumten ihn ein Stück weit. Es war ein wunderschönes, unvermutetes Fleckchen, und die Kinder sprangen freudig in das Wasserloch hinein.

»Es hat ein Unwetter gegeben«, sagte der Junge. »Es muß dasjenige gewesen sein, das wir von weitem gesehen haben. Man kann erkennen, wo das Wasser entlanggeflossen ist.«

Mehrere Tage kampierten sie am Fluß. Morgens und abends kamen Wallabys, Emus, Dingos und kleine Pelztiere zum Trinken her.

Der Wald wimmelte von Vögeln. Der Junge schärfte die Axt seines Großvaters neu, spitzte einen im Feuer gehärteten Grabstock an, formte ein neues Wurfholz und balancierte es aus. Sarah Jane füllte ihren Fellbeutel mit Samen und Sprossen und grub Wurzeln aus, die sie bündelweise an ihren Gürtel hängte. Die Feuereidechse erschien und schaute mit kleinen, leuchtenden Augen zu, wie sich die Kinder zum Aufbruch ins Dürre Land bereitmachten.

»Morgen«, sagte der Junge, »gehen wir probehalber ein kleines

Stück. Wir nehmen alles mit, so als würden wir wirklich aufbrechen, dann sehen wir, ob wir alles schleppen können.«
Sie brachen auf, während die Nacht noch zwischen den Bergen hing, und folgten dem Wasserlauf ins flache Land. Ein paar Flußeukalypten und Kasuarinen zeigten seinen Verlauf an. Am späten Vormittag stießen sie nur noch auf kümmerliche, krüppelige Bäume, und voraus war kein einziger mehr zu sehen. Der Bach hatte sich zu vielen kleinen Rinnsalen verzweigt, die nur wenig Wasser führten. Die Sonne schien heiß, und der kahle Boden strahlte die Hitze zurück. Vor ihnen zeigten die seltsamen Masten in den Himmel, die Drähte flimmerten.
»Wir können jederzeit umkehren«, sagte der Junge. Aber nachdem sie sich ausgeruht hatten, wanderten sie weiter.
Flirrende Mittagshitze trieb sie in einen Flecken mit Salzbüschen, wo sie sich in das bißchen verstreuten Schatten kauerten. Während sie abwarteten, aßen sie Blätter und Samen von den Büschen, gruben auf der Suche nach Maden Wurzeln aus und fanden in einem Erdloch eine langschwänzige graue Eidechse. Später, als sie dem Wasserlauf wieder nach Westen folgten, gruben sie noch eine Eidechse aus ihrem Loch in der Böschung aus.
»Wir sollten umkehren«, sagte der Junge und blickte zurück zu den Bergen.
»Dazu gibt es keinen Grund«, erklärte Sarah Jane, »noch fließt unter uns Wasser.« Sie fühlte es unter ihren Füßen.
»Du solltest umkehren und auf mich warten. Es ist meine Sache.«
»Männersache, was?« Sie machte ihr Teufelsgesicht. »Ich kehre nicht eher um, bis wir unter dem Draht hindurchgekommen sind.«

Die zerklüfteten Umrisse der Berge, die sie verlassen hatten, erstreckten sich von Süden nach Norden. Die Sonne verschwand hinter einem der Hügel, die es da und dort im Dürren Land gab. Der rätselhafte Draht rückte näher, hing über den Verzweigungen des Wasserlaufs durch und führte an beiden Seiten hoch zu Masten. Sie ragten majestätisch über Büschen und zwergwüchsigen Bäumen auf. Am oberen Ende eines jeden Mastes steckte ein glänzendes Ding, an dem der Draht befestigt war. Der Junge zeigte mit dem Kopf darauf.

»Nimm dich davor in acht.«

Sarah Jane starrte auf das glänzende Ding und hätte zu gern gewußt, wozu das Ding, die Masten und der Draht dienten. Während sie hinsah, ging der Junge unter dem Draht hindurch. Nichts geschah.

»Komm, S'Jane!«

Sie rannte ihm nach.

Jetzt schwang der Draht hinter ihnen hin und her und schnitt sie von den Bergen ab. »Noch können wir kehrtmachen«, sagte der Junge.

Doch sie wanderten in die kühler werdende Luft nach Westen, bis Sarah Jane sich so schlapp fühlte, als wäre sie lange Zeit im Meer geschwommen. »Ich kenne da eine, die Hunger hat«, murrte sie. »Ich bin es leid, aus Jux und Tollerei Bündel von Wurzeln mit mir rumzuschleppen.«

»Es ist nicht aus Jux und Tollerei, sondern für den Notfall.«

Sarah Jane verdrehte die Augen. »Dann halte ich auf der Stelle an und grabe nach Wasser, oder ich zerfalle zu Staub.«

Der Junge zuckte mit den Achseln, setzte die Feuereidechse auf einen Stein und ging, um Holz zu suchen. Es war schwer, in dem flachen, kahlen Land welches zu finden, aber schließlich kam er mit Reisig von abgestorbenen Salzbüschen als Feuerholz und einem Bündel Blaubusch-Akazien für Schutzdächer zurück.

Sarah Jane hatte ein tiefes Loch gegraben und rührte mit ihrem Stock in nasser Erde. Der Junge langte hinein und ließ das Wasser in seiner Hand sich setzen. Er probierte es und spuckte es aus. Dann hockte er sich mit dem Kopf auf den Knien hin. Sarah Jane probierte das Wasser ebenfalls – es war salzig.

»Sonst würden hier Bäume wachsen«, brummte der Junge und stand müde auf. »Komm, wir müssen im Dunkeln zurücklaufen.«

Sarah Jane hörte nicht auf ihn. Mit geschlossenen Augen lag sie am Loch und langte mit der Hand hinein. Die Sonne war untergegangen, und kühle Luft strömte die trockenen Bachläufe entlang, doch sie spürte sie nicht. Sie war in einen Traum aus uralten Zeiten versunken . . .

Leise und gleichmäßig wie Atem hob und senkte sich das Wasser des Schlafenden Sees. Es umspülte sanft ihre Finger, erzählte ihr vieles und glitt leise fort. Der See war kühl und voller Weisheit . . . Kühles Wasser . . . kühl und still . . . Aber jetzt wand sich ein Kältestrahl hindurch, umwehte ihre Finger und strömte in ihre Handinnenfläche. Kaltes Wasser aus dunklen Höhlen stieg hoch auf der Suche nach Sternen . . . kroch höher hinauf, bis ihr Handgelenk fröstelte und ihre Finger vor Kälte weh taten . . .

Der Traum brach ab. Sarah Jane schlug die Augen auf und sagte: »In Ordnung. Es ist ein Nachtbrunnen.«

»Was ist denn das?« fragte der Junge unbehaglich.

»Nichts Böses jedenfalls. Es gibt dort Trinkwasser, das in der

Nacht kommt, wenn die Leute kampieren.« Sie schöpfte das kalte Wasser in ihre Hand und begann zu trinken. Der Junge schaute begierig zu, und sofort trank auch er.

Im ausgetrockneten Bachbett kochten sie sich Eidechsen und Wurzeln. Kühle frische Luft kam übers Dürre Land geweht, und geschützt hinter Blaubusch-Akazien kauerten sie sich nah am Feuer zusammen. Die Feuereidechse grub sich in eine der Böschungen ein, und sie bekamen sie kein einziges Mal zu Gesicht.

»Morgen müssen wir eine längere Strecke zurücklegen«, sagte der Junge.

In der Nacht wurde die Kühle frostig. Sterne funkelten, und die Luft fing an zu beben und zu sirren. Das Sirren nahm zu, bis es alles um sie her erfüllte und in ihren Köpfen pochte. Sarah Jane rollte sich zu einer festen Kugel zusammen, um sich gegen die Kälte und die Angst zu schützen. Der Junge lag steif da und sprach flüsternd ins Feuer, aber es tauchten keine bösen Geister auf. Die Teufel des Dürren Lands kannten sich damit aus, wie die Drähte des Weißen Mannes in der Kälte sangen. Einige von ihnen tanzten dazu, andere fühlten ihr Zittern in den Masten, und manche von ihnen versteckten sich. Die Kinder lagen unbeweglich wie Stein, bis sich das Sirren gelegt hatte. Als die Nacht von Schwarz in Grau überging, hasteten sie fort von dem Ort.

»Wir kehren um«, sagte der Junge entschlossen.

»Dann suchen wir uns aber ein anderes Ziel. Ich habe nicht die Kraft, noch mal unter diesem . . . diesem Ich-weiß-nicht-was durchzugehen. Und dein Urahne – na danke. Der nimmt sich anscheinend zu wichtig, um auch mal an uns zu denken.«

»Du hast ja keine Ahnung. Uns ist bisher nichts angetan worden, stimmt's?«

Der ausgetrocknete Bachlauf führte sie nach Westen. In ihren Rücken warf die Sonne die Schatten der Berge und ihnen voraus ihre eigenen langen Schatten. Das Dürre Land hatte sie seine Kälte und seine Hitze spüren lassen. Bald, als der Boden vor Hitze brannte und flirrte, zeigte es ihnen seine niemals erreichbaren Zauberseen. Es waren Seen aus leuchtendem Blau, auf denen Wellen tanzten und flimmerten, Seen, die sich wegbewegten, wann immer die Kinder versuchten, sich ihnen zu nähern.

»Ist das der See?« rief Sarah Jane. »Das verzauberte Wasser, das umherwandert?« Denn obwohl sie das Wasser sehen konnte, konnte sie es nicht fühlen.

»Nein«, brummte der Junge. »Der umherwandernde See besteht aus richtigem Wasser. Dies hier ist Teufelswasser – der Bach ist ausgetrocknet.« Er trat in den Staub.

In den schlimmen Tagen, die folgten, tauchte das Teufelswasser oft auf und verschwand wieder. Die Kinder vermochten ihm nicht näher zu kommen. Wenn sie erhitzt und durstig waren, haßten sie es, weil es nichts als eine Täuschung war. Wenn sie nur noch halb wach waren, hungrig und benommen von der Sonne, hielten sie es für wirklich und strauchelten ihm hinterdrein.

Sie fanden auch keine Nachtbrunnen mehr im ausgetrockneten Bachbett. Aber Sarah Janes Füße lenkten sie zu den geheimen Brunnen der Schwarzen oder zu Wasser in Felshöhlungen, die das Unwetter gestreift hatte. Sie gewöhnten sich an, bei Sternenlicht zu wandern, zur Mittagszeit unter verkümmerten Mulga-Büschen zu schlafen, in der Dämmerung an ihrem Feuer Motten zu fangen und Eidechsen aufzuspüren, Samen von Salzbüschen zu ernten, die Blätter von Blaubusch-Akazien zu essen, und sie lernten, an den richtigen Stellen nach Wurzeln zu graben. Mal kam der Magooya auf mächtigen Schwingen daher, um Schatten zu werfen, während sie in der Hitze schliefen, mal hielt er böse Geister fern. Und einmal führte er sie in Gestalt der Feuereidechse zu einer Fülle saftiger Schnecken unter feuchten Steinen.

Die Verzweigungen des ausgetrockneten Bachlaufs gingen ineinander über und wurden tiefer. Es gab weiche, feuchte, mit einer Salzkruste überzogene Stellen. Eines Tages endete das Bachbett plötzlich. Da war nur noch eine einzige riesige, ebene Fläche aus Salz, die sich nach Norden, Süden und Westen erstreckte. Es gab ein Ufer wie bei einem normalen See, und weiter draußen tanzte blaues Wasser in der Sonne.

»Müssen wir da hin bei unserer Suche nach deinem Urahnen?«

»Es ist jetzt zu heiß«, sagte der Junge. »Dahinten gab es Blaubusch-Akazien. Dahin gehen wir zurück und warten ab.«

Der Salzsee schien die ganze Welt zu bedecken, und auf seiner riesigen toten Oberfläche gab es nichts, wo sie hätten hingehen können.

4

Als die Kinder wieder durch das Bachbett liefen, war das Teufelswasser aus dem See verschwunden. Die im Westen stehende Sonne ließ das Salz wie blendendes Gold leuchten. Es erstreckte sich bis zum Horizont und bildete dort, wie ein Meer, eine gekrümmte Linie. Sarah Jane wandte ihre Augen ab.

»Hast du dir überlegt, wohin wir gehen?«

Der Junge hatte keinerlei Vorstellung. Insgeheim blickte er sich schnell um und entschied sich. »Zuerst an der Böschung entlang, damit wir den Rückweg finden.« Er drückte seine Zehen in die krustige Oberfläche des Sees. »Sie fühlt sich feucht an. Ist Wasser darunter?«

»Ja, aber es ist unbrauchbar, weil es salzig ist. Wenn wir die Böschung raufklettern, finden wir vielleicht irgendwo gutes Trinkwasser.«

Sie stiegen die Böschung hoch. Nah am Bachverlauf war sie niedrig und sandig, stieg dann aber steil an. Bald waren sie hoch genug, um weit über den See schauen zu können. Er sah leicht gewellt aus, und auf den Wellen gab es sowohl dunkle als auch weiße Flecken. Er war riesig, und fern am Horizont, auf der anderen Seite, sank die Sonne zu niedrigen, in blauem Dunst liegenden Bergen herab. Sarah Jane verspürte Angst und warf den Kopf in den Nacken, um es zu verbergen.

»Du weißt doch hoffentlich, wie wir zu deinem Urahnen gelangen?«
»Jetzt ist es zu spät dafür. Wir sollten uns einen Lagerplatz suchen und bis zum Morgengrauen abwarten. Da sind Schwalben, schau. Dort wird es Wasser geben.«
Sie bogen über bröckeligen Felsen ab und fanden tief zwischen feuchten Steinen ein kleines Wasserloch, das bald ausgetrocknet sein würde. Auch hier mußte das Unwetter vorübergezogen sein. Unter den Steinen saßen kleine braune Schnecken. Sarah Jane sammelte ein paar Handvoll davon, während der Junge die Ränder der Felsen absuchte. Er brachte Salzbuschblätter, Akazienhülsen, die vor Samenkörnern rasselten, ein paar durchgebrochene Enden junger Honigmyrthewurzeln und eine Handvoll zusammengeschrumpfter Beeren, die am Strauch vertrocknet waren. Sarah Jane war überrascht.
»Woher weißt du, daß sie eßbar sind?« rief sie.
Der Junge grinste. »Woher weißt du, daß Schnecken eßbar sind?«
»Mit Schnecken kennt sich doch wohl jeder aus. Aber mit Beeren und Wurzeln?«
»Natürlich auch. Bloß, daß sie im Dürren Land klein bleiben. Außerdem nehmen wir sie nur, wenn es nichts Besseres gibt.«
»Was Besseres? Ich kann mir nichts Besseres vorstellen.«
Die Schnecken waren im Nu gekocht, aber sie zu verspeisen dauerte eine Weile. Sie schmeckten gut zu den Salzbuschblättern. Aus den reifen Akaziensamen hätten sie Kuchen machen können, aber die Kinder dörrten sie im Feuer und aßen sie wie Nüsse, während sie die Honigmyrthewurzeln backten. Nachdem sie die Wurzeln mit Steinen weich geklopft hatten, konnten sie

sie kauen und den süßen milchigen Saft aus den Fasern saugen. Danach gab es die in der Sonne getrockneten Beeren, die wie Rosinen aussahen.

Sarah Jane streckte sich am Feuer aus. Das Rotgold des Sonnenuntergangs war verblaßt, und der zunehmende Mond leuchtete über ihnen. »Nur einen Wunsch hätte ich noch«, sagte Sarah Jane und schaute in den Mond.

»Es ist nicht gut, in den Mond zu starren. Das habe ich dir schon mal gesagt.«

Um ihm einen Gefallen zu tun, wandte sie sich ab und rollte zu ihm hinüber. »Ich wünschte, dein Urahne würde uns rufen.« Der Junge blickte finster ins Feuer. »Weit weg von hier hat er es getan – warum nicht jetzt, wo wir in seiner Nähe sind?«

Der Junge zuckte mit den Achseln. »Woher soll ich das wissen?«

»Vor langer Zeit in der Höhle hast du es sehr wohl gewußt. Du hast gesagt, dein Urahne würde zu dir sprechen und du hättest ihn in dir drin gehört. Er hat tatsächlich gesprochen – wir haben es beide gehört. Und jetzt läßt er keinen Ton verlauten.«

»Dann war nicht er es, den wir gehört haben.«

»Das hast du aber behauptet. Ich kann mir nicht vorstellen, wer es sonst gewesen sein soll.«

»Irgendein Geist, der nicht mein Urahne ist. Darum hast auch du es gehört.« Er wollte nicht mit dem herausrücken, was er befürchtete: daß sie dem verkehrten Wasserlauf durchs Dürre Land gefolgt und am verkehrten See angelangt waren. Die Reise war zu hart gewesen, er mochte ihr nicht sagen, daß sie womöglich vergebens gewesen war.

Aber Sarah Jane sagte vorsichtig: »Manche mögen es als einen See bezeichnen, nur gibt es das umherwandernde Wasser nicht.«

Im Schutz von Felsen und gewärmt vom Feuer schliefen sie traurig ein.
Wind kam über den See gepeitscht. Er strich über Wasserlachen, die das Unwetter hinterlassen hatte, fegte sie zusammen und blies sie übers Salz. Der zunehmende Mond wanderte über den westlichen Himmel hinab. Da erklang die tiefe, freundliche Stimme des Großen Urahnen. Die Kinder wachten auf.
Sie wechselten kein einziges Wort. Wie im Schlaf nahm der Junge die Axt seines Großvaters und steckte den Griff in seinen Lendengurt. Sarah Jane folgte ihm ans hohe Ufer des Sees. Unten lag mondbeschienenes Wasser zitternd im Wind: das Wasser, das umhergewandert war. Wegen des kräftigen, lieblichen Gesangs des Urahnen beachteten sie es kaum. Der Klang zog sie die Böschung hinab, durch das seichte Wasser und zur Salzkruste dahinter.
Da gab es eine Stelle, an der das Ufer unterspült und bröckelig war und eine kleine Höhle bildete, die voller herabgefallener Erde und Steine lag. Ein Strahl Mondlicht fiel hinein, und heraus quoll das mächtige endlose Wort des Großen Urahnen.
Die Kinder schauten sich um und konnten nichts erkennen. Da war bloß ein Glimmen, wo etwas vom Mondlicht beschienen wurde und es zurückwarf. Sie schauten und lauschten, während der Mond am Himmel abwärts wanderte. Der Höhlenboden verfinsterte sich, und der Gesang verstummte. Sie krochen in die Höhle. Der Junge legte die Axt seines Großvaters hinein und sprach die Worte, die Loo-Errn ihm zu sagen aufgetragen hatte. Das Glimmen kehrte wieder, obwohl das Mondlicht verschwunden war: Auf einem zerbröckelten Fels leuchtete milchig blau und grün irgendein kleines Gebilde. Es enthielt einen knotigen

Strang, eine Art Wirbelsäule, und Farnwedel, die in einem uralten Meer gerollt und gebogen worden waren. Es leuchtete, weil die Zeit es nicht nur in Stein eingegraben, sondern zugleich in Opal verwandelt hatte.

Die Kinder berührten es nicht, sondern kauerten sich in der Höhle einfach nur aneinander. Sie war klein und eng, und doch schien sie von den tiefsten Tiefen des Meeres bis zu den winzigsten, fernsten Sternen zu reichen. Der Wind drang hinein, aber er fühlte sich warm, ruhig und mitfühlend an. Der Junge spürte die Hand seines Großvaters auf seiner Schulter, das Mädchen empfand die Liebe und Geborgenheit eines Zuhauses.

Da gab es Feuerwelten und leuchtende Lichtfelder, eine unermeßliche, mit Sternen durchsetzte Finsternis und Wunder, die sich nicht wiedergeben ließen. Die Erde mit ihren Bergen, Flüssen, Vögeln und Winden entstand. Riesengroße Tiere stapften darüber hin, Schlachten wurden geschlagen in einer Blumenknospe, und Flüsse flossen durch ein Blatt. Könige und Städte stiegen auf, und dunkle Wälder überzogen sie. Da riefen Stimmen und erklang Musik, und schließlich gab es eine starke, tiefe Stille, die voller Frieden war und von der Erschaffung allen Lebens sprach.

Die Kinder knieten benommen da. Endlich wurde ihnen wieder bewußt, daß sie sich in einer Höhle befanden. Sie war eng, kalt und dunkel, und der Junge flüsterte: »Komm.«

»Sollen wir ihn für alle Fälle noch mal begraben?«

»Nein. Er singt immer, wenn das Mondlicht auf ihn fällt.«

Sie stahlen sich durch das seichte, windgepeitschte Wasser fort. Zurück in ihrem Lager, unternahmen sie erst gar nicht den Versuch, miteinander über den Urahnen zu sprechen. Statt dessen schliefen sie auf der Stelle ein, erschöpft vom Dürren Land, von Sorge und schließlich von den Rätseln und Wundern, die sie erlebt hatten.

Der Mond ging hinter den fernen Bergen unter. Eine Riesenschlange kam über die Felsen geglitten. Die Feuereidechse bemerkte sie und wurde zum Magooya: zu einer ebenfalls mächtigen Schlange, die wütend zischte.

Während die Kinder im Sternenlicht schliefen, kämpften die beiden Schlangen, wanden sich mit ihren gewaltigen Leibern umeinander und schlugen mit ihren großen Köpfen aufeinander ein. Der Magooya kämpfte mutig, aber er war bloß in eine andere Gestalt geschlüpft. Die andere Schlange war Kuddi-Muckra, der riesige Menschenfresser von den Salzseen. Bald hatte er den Magooya auf seine Feuereidechsengröße geschrumpft und verschlang ihn, fast ohne es zu merken. Dann glitt er zu den schlafenden Kindern und verschlang auch sie.

Jetzt machte er sich auf durchs Dürre Land und warf seinen massigen Leib hin und her wie einen Speer. Der Große Urahne hatte ihm befohlen, diese Reise zu machen. Zweimal hielt er an, um an sternenbeschienenen Brunnen zu trinken, und das Wasser, das er trank, plätscherte über die Kinder in seinem Innern. Noch immer wachten sie nicht auf. Er bewegte sich unter dem Draht hindurch, der von Mast zu Mast herabhing. Die Geister, die im Draht spukten, waren geflohen und versteckten sich. »Kuddi-Muckra!« flüsterten sie vor Angst. »Kuddi-Muckra!«

Vor Morgengrauen erreichte die große Schlange das Wasserloch in den Bergen, spie ihr Mahl aus und eilte von dannen. Während der Tageshitze legte sie sich zusammengerollt in ein

geheimes Wasserloch, und als die Nacht anbrach, glitt sie wieder zum See.
Die Kinder wachten klebrig vor Schleim auf und sprangen schnell in das Wasserloch. Sie wunderten sich darüber.
»Es war ein Traum«, sagte der Junge. »Weder haben wir den ganzen weiten Weg zurückgelegt, noch haben wir den Urahnen gefunden. Wir sind noch immer am selben Platz.«
»Unsinn«, sagte Sarah Jane. »Wie können zwei ein und denselben Traum haben? Und wo sind die Axt deines Großvaters und der Grabstock?«
»Vielleicht hat uns der Magooya wieder hergebracht«, sagte der Junge. Denn als er aus dem Wasserloch stieg, hatte er die Feuereidechse entdeckt, die klebrig und schlapp dalag. Sie säuberten sie und legten sie in die Sonne. Nach einem Weilchen wankte sie davon, um unter welken Blättern Schutz zu suchen. Die Kinder setzten ihre Füße vorsichtig auf, um sie nicht zu zertreten. Denn vielleicht hatte sie sich tatsächlich während der Nacht in den Magooya verwandelt und sie aus dem Dürren Land hinausgetragen.
Sie ruhten sich den ganzen Tag lang aus. Der Wald war kühl und voller Nahrung, und wenn ihnen warm war, sprangen sie in das Wasserloch. Der Junge fand einen scharfen Steinsplitter, aus dem er ein Messer machte, und Wurf- und Grabhölzer, die er im Feuer formte. Mit dem Wurfholz erlegte er ein Bandikut, und Sarah Jane fing Welse.
»Ich hätte nicht gedacht, daß ich je wieder Fisch essen würde«, sagte sie am Abend am Feuer, während die Sterne auf den Bergspitzen ruhten. »All das Salz, die verdorrten Samenkörner, und nirgends gab es Schatten – ich hatte uns schon aufgegeben.

Ich kann dir sagen, ich wäre gestorben dafür, um ans nächstbeste Wasser zu gelangen.«

»Du wärst schon nicht gestorben. Die Schnecken und all das haben dir gut geschmeckt. Und schließlich war er ja auch noch da.«

»Er . . .« Sarah Janes Phantasie wanderte zurück in die Höhle. »Was hat er zu uns gesagt? Und was ist mit dem kleinen uralten Etwas aus dem Meer? Es war soviel auf einmal, mir war ganz schwindlig.«

Die Augen des Jungen verfinsterten sich. Er hatte das Wort des Urahnen nicht begreifen können, nie hatte er es richtig verstanden. Stotternd sagte er: »Ich glaube . . . vielleicht . . . hat es *für immer* geheißen.«

»Also ist alles darin enthalten«, sagte Sarah Jane langsam. »Alles, was wir wissen, und alles, was wir nicht wissen. Alles, was geschehen ist, und alles, was nicht geschehen ist. Kein Wunder, daß mir schwindlig war; für einen allein ist das zuviel. Aber ich würde das Ding aus dem Meer gern einmal sehen, in seiner ganzen Pracht und Zartheit.«

»Du hast es gesehen – mehr jedenfalls als andere.«

»Ich? Ich habe kein Auge dafür. Aber er ist genausogut mein Urahne wie deiner. Und wir beide sind Menschen und keine Teufel. Teufel scheren sich nicht um ihn. Schau mal: Da kommt die Feuereidechse.«

Der Junge bewegte vorsichtig seinen Fuß, um der Feuereidechse Platz zu machen.

Sie rasteten mehrere Tage lang, aßen und kamen wieder zu Kräften. Sie fertigten neue Werkzeuge, Gürtel und Beutel an, kletterten in Bäume, schwammen und tobten wie kleine Kinder.

Dennoch waren sie unruhig. Eine dunkle Wolke schwebte über ihnen, und sie hatten keine Ahnung, was sie bringen mochte.
»Weißt du, ob dein Großvater in Frieden ruht?« fragte Sarah Jane.
Überrascht runzelte der Junge die Stirn. »Natürlich. Du warst doch selbst da.«
»Und es ist alles so getan worden, wie es sein sollte?«
»Es gibt nichts mehr zu tun.«
»Dann können wir umkehren.«
»Wir könnten auch hier bleiben«, sagte der Junge.
»Was für Flausen! Du weißt genau, daß das nicht geht! Um etwas zu essen zu finden, müssen wir ständig von einem Ort zum nächsten ziehen!«
»Vielleicht können wir zumindest eine Weile lang bleiben. Es ist ein guter Platz, es gibt Wasser, genügend Nahrung und weit und breit keine Menschen.«
Sarah Jane fühlte einen Stich. »Und wohin gehen wir in schlechten Zeiten, wenn Wasser und Nahrung erschöpft sind? Bis zum Meer ist es weit, außerdem wimmelt es an der Küste von Städten. Nur ins Dürre Land mit seinen rauhen Bergen ist es nah. Willst du in schlechten Zeiten etwa dort leben?«
Der Junge starrte bloß mürrisch vor sich hin. Bis zum Abend sprachen sie kein einziges Wort mehr miteinander.
Nachdem sie gegessen hatten und schweigend am Feuer saßen, kam die Feuereidechse und wärmte sich auf einem Stein. »Wir sollten sie zurückbringen«, sagte Sarah Jane. »Es wäre richtig so.«
»Das haben wir vor langer Zeit schon mal getan, aber sie ist nicht dort geblieben.«

»Du solltest wirklich mehr an sie denken! Immerhin hat sie uns den ganzen weiten Weg über begleitet und uns geholfen. Ich tue es – ich bin ja auch älter als du. Wir haben sie von ihrem Zuhause auf dem Berg des Feuers weggeholt, und jetzt sollten wir sie wieder dorthin zurückbringen.«

»Oh, S'Jane! Du weißt, daß sie mit uns kommen will.«

»Wohin?« rief Sarah Jane. »Wir können nirgends hin und haben nichts mehr zu erledigen! Vorher gab es deinen Großvater, jetzt gibt es nur noch die Feuereidechse. Wenn wir sie nicht zurückbringen, bleibt uns nichts mehr zu tun. *Irgend etwas* muß es aber geben!« Sie sprang auf und rannte fort in die Dunkelheit.

Der Junge hockte da und sah nachdenklich ins Feuer. Schließlich richtete er ihre Schlaffeuer her, legte sich unter sein Schutzdach und horchte auf Sarah Jane. Sie tauchte nicht auf, sondern hielt sich in einem Baum über dem Wasserloch versteckt.

Im Sternenlicht kamen Behaarte und tranken. Mit ihren Frauen und Kindern knieten sie am Wasser und machten leise, schlürfende Geräusche. Zwei Frauen murmelten, ein Mann knurrte, Kinder blickten verstohlen zum Baum. Bald stahlen sie sich fort, ihre Schatten verschmolzen mit dem Wald im Norden. Plötzlich war Sarah Jane nach Weinen zumute.

Als sie zu ihrem Lager zurückschlich, schlief der Junge. Sie konnte ihm nicht erzählen, daß es hier also doch Menschen gab.

Am Morgen wachte der Junge als erster auf. Die Berge warfen noch ihre Schatten auf den Rand des Dürren Lands, aber er konnte nicht mehr stilliegen. Der Gedanke an den Streit machte ihn ruhelos. Er wanderte in den Wald, kletterte in die ausladenden Äste eines Flußeukalyptus und versuchte am

Horizont das Glitzern des Salzsees auszumachen. Geräusche drangen vom Boden zu ihm hoch: ein hohles Brüllen und der Ruf eines Mannes. Er kletterte höher in den Baum hinauf, um zu schauen.

Da waren drei Männer. Sie ritten auf den sonderbarsten Tieren, die er je gesehen hatte: Tiere mit langen Hälsen und langen Beinen, mit Rücken, die sich zu Höckern hoben, und mit kurzen, quastenförmigen Schwänzen. Die Männer saßen hinter den Höckern, unmittelbar oberhalb der Schwänze. Ein viertes Tier trug Lasten und wurde an einer Leine geführt. Es stolzierte mit seinen langen, ungelenken Beinen dahin und gab das hohle Brüllen von sich, das der Junge gehört hatte.

Er fürchtete sich nicht. Solch sonderbare Tiere hatte er sich nicht vorzustellen vermocht, aber er wußte, daß sie keine Geistertiere waren. Sie wurden von weißen Männern geritten, die wie Soldaten aussahen. Die Weißen hielten viele seltsame Tiere. Er war bloß erschüttert darüber, hier im Dürren Land überhaupt Weiße anzutreffen, sie mit den Tieren an den Masten und dem Draht entlangreiten zu sehen. Eigentlich hätte er es sich denken müssen. Dies war kein sicherer Zufluchtsort für blauäugige Kinder, die nicht wuchsen. Das Wasserloch mußte eine wichtige Anlaufstelle sein, bei der sich alle in diesem Land mit Wasser versorgten.

Er sah den Männern nach, bis sie außer Sicht waren, kletterte hinunter und ging zurück zum Lager. Sarah Jane saß vor ihrem Schutzdach.

»Es gibt hier Menschen«, erzählte sie ihm sofort.

»Ich weiß, ich habe auch welche gesehen. Wohin willst du gehen?«

Die Frage war zu gewichtig und kam zu plötzlich. »Woher soll ich das wissen? Entscheide du«, sagte Sarah Jane.

»Nein, du bist an der Reihe. Bisher hast du dich mir angeschlossen.«

Sarah Jane saß mit dem Kopf auf den Knien da, versuchte Gedanken und Gefühle zu ordnen und die richtigen Worte zu finden. Schließlich sagte sie: »Ich will ein Mensch sein dürfen, einer ohne Makel. Ich will mich nicht als eine Teufelin verstecken müssen.« Sie wagte einen verstohlenen Blick auf den Jungen. Er schaute finster drein.

»Willst du zurück zu deinen Leuten?« fragte er, denn ihm fielen die Bauernhäuser, das Goldfeld und das gestohlene Kleid ein.

»Unsinn!« rief Sarah Jane. Sie konnte ihm nicht sagen, wie sehr sie sich nach ihren Leuten sehnte. »Ich will nur dabeisein! Ich will etwas tun, das getan werden muß, ich will was erleben und neue Dinge kennenlernen! Etwas über die Menschen heute erfahren, über die Zeit, die Schiffe und den König!« An eine Königin konnte sie nicht glauben, denn früher hatte es immer bloß Könige gegeben, und von einer Königin war nur ein einziges Mal die Rede gewesen.

»Eins wissen wir schon: daß es viele von deinen Leuten gibt und daß wir uns verstecken müssen, als wären wir Teufel.«

Sarah Jane senkte den Kopf. »Vielleicht sind wir das wirklich. Also ist es vernünftig, daß wir uns verstecken, damit uns niemand sieht. Wir haben noch nicht entschieden – wenn du willst, bleiben wir hier.«

»Das geht nicht«, sagte der Junge heftig. »Wir müssen die Feuereidechse zurückbringen.« Es war seine Art, klein beizugeben.

Die meiste Zeit des Tages verbrachten sie im Wald, sammelten Eukalyptus, Knollen und Wurzeln, um für das erste Stück des Wegs gerüstet zu sein. Sie schwammen im Wasser und fischten. Am nächsten Tag wandten sie sich nach Süden, um den Großen Fluß zu suchen.

Die Behaarten

1

Sie wanderten gen Süden durch die uralten zerklüfteten Berge. Sie kamen nur langsam voran, es war aber ein sicherer Weg. Von Zeit zu Zeit stießen sie selbst hier auf Wagenspuren, an die sie sich nicht erinnern konnten. »Vielleicht haben wir's vergessen, oder wir sind einen anderen Weg gekommen«, sagte der Junge.

»Vor wie langer Zeit, was meinst du?«

»Das tut nichts zur Sache. Alles ist, wie es war.«

Manchmal kam die Feuereidechse zu ihrem Feuer, manchmal bekamen sie sie tagelang nicht zu Gesicht. Aber inzwischen war auch dem Jungen klar, daß sie sie vor Geistern in der Nacht beschützen würde. Diese Gewißheit und die Ruhe in den Bergen gaben ihnen ein Gefühl der Sicherheit. Es war ein Schock, als sie eines Nachts von schwatzenden Stimmen in ihrer Nähe wach wurden.

Erschreckt setzten sich die Kinder auf. Da waren Schwarze: Männer, Frauen und ein paar schläfrige Kinder, alle in Kleidern, wie sie die Weißen trugen. Vielleicht kannten sie das Wasserloch unterhalb vom Lager der Kinder und waren die ganze Nacht hindurch gewandert, um dorthin zu gelangen.

Ihre Stimmen wurden lauter, als die Kinder sich aufsetzten, aber sie schienen nicht wütend zu sein. Eine Frau nahm Sarah Janes Grabstock, untersuchte ihn und legte ihn wieder hin. Ein Mann kniete nieder, um das Wurfholz des Jungen zu betasten, und sprach in rollenden Worten.

»Was hat er gesagt?« rief Sarah Jane, die zu große Angst hatte, als daß sie es hätte verbergen können. Der Junge schüttelte den Kopf, denn der Mann sprach eine Sprache, die er nicht kannte. Der Mann schaute durchdringend und sprach erneut.

»Woher?« fragte er und gab den Stock zurück.

Der Junge antwortete einsilbig mit gesenktem Kopf. »Aus dem Dürren Land.«

»Wohin? Sag, wir tun nichts Böses.«

»Zum Großen Fluß«, murmelte der Junge und hielt sein Wurfholz umklammert.

»Keh«, sagte der Mann nachdenklich. »Onkel gehört zu dir?«

»Großvater«, sagte der Junge und beschloß, weitere Fragen nicht mehr zu verstehen. Er würde bloß noch den Kopf schütteln. Aber der Mann stellte keine Fragen mehr. Eine alte Frau im Hintergrund, grauhaarig und runzlig, sprach ein paar Worte, und er nickte und drehte sich um. Die Schwarzen begaben sich ein Stück weiter den Hang hoch, schwatzten laut, schleppten Säcke und sahen nach ihren Kindern. Sie begannen Feuer zu machen, Schlafplätze herzurichten und aus den Säcken Essen zu verteilen.

»Sie haben Brot«, flüsterte Sarah Jane.

»Sch!« zischte der Junge.

»Sie ziehen die Kleider aus.«

»Damit sie in der Nacht nicht Feuer fangen. Sobald sie schlafen, brechen wir auf.«

Aber das war nicht möglich, denn die alte Frau kam zu ihnen herüber. Sie schleppte sich mühsam mit ihrem Sack ab. Die Kinder lagen starr wie Steine da. Sie konnten die Frau stöhnen und ächzen hören, als sie ihr Lager hinter ihnen aufschlug.
Bald war sie still, bald war das ganze Lager still. Es gab bloß hier und da ein Murmeln oder ein unterdrücktes Schnarchen. Die Kinder warteten ab und schliefen darüber ein. Dann wachte der Junge jäh auf, was wiederum Sarah Jane aufweckte. Sie setzten sich auf.
»Blauauge und Blauauge – schlaft«, sagte die alte Frau. »Gibt nichts Böses hier.«
Vor Schreck legten sie sich hin, denn sie hatten nicht gedacht, daß die Geschichten über sie so lange überdauern oder ihnen so weit folgen konnten – und auch nicht, daß Schlaffeuer die Augenfarbe enthüllen konnten. Aber die alte Frau summte den Schrecken leise fort, bis sie wieder eingeschlafen waren. Als sie aufwachten, zeigten die Sterne den nahenden Morgen an.
»Ihr zwei Rastlosen . . .« sagte die alte Frau. »Ich spreche, ihr hört mich an.«
Sie sagte ihnen, sie sollten den Sack mitnehmen. Es seien ein Hemd und eine Hose für den Jungen darin und ein Kleid für Sarah Jane. »Wundi und Yago sind sie zu klein.« Sie müßten diese Sachen anziehen, wenn sie in die Nähe von Weißen kämen, oder sie würden gefangen und in ein Haus eingesperrt, und kein Mensch würde ihnen helfen. »Alte Zeit, alte Art – alles dahin. Der Weiße Mann ist jetzt Chef. Nur die Alten wissen noch von Blauaugen. Versteckt euch.«
Sie sagte ihnen, daß ihnen die Wege der Feuer- und Dampfungetüme, die übers Land rasten, helfen würden, den Großen Fluß

zu finden. Sie nannte sie Züge und schnaubte und schnaufte, um ihr Geräusch nachzumachen. Die Kinder erinnerten sich und schnaubten und schnauften auch. Sie erzählte von den besonderen Straßen, auf denen die Züge fuhren, Straßen aus Holzbohlen und glänzenden Schienen. Mit kleinen Stöckchen veranschaulichte sie die Gleise. Sie sagte, es gäbe viele solcher Straßen.

»An allen Bergen entlang seht ihr sie. Schlängeln hierhin und dahin. Ihr bleibt in den Bergen. Wenn die harten Berge aufhören, kommen gute Berge.«

Die Kinder nickten bei der Erinnerung daran.

»Überall Städte, überall Menschen«, warnte die alte Frau. »Straßen, Züge. Ihr bleibt in den Bergen. Wenn Tsch-tsch kommt, seht ihr Rauch. Dann müßt ihr nach der Sonne gehen.« Sie zeigte Richtung Osten. »Ganz weit drüben kommt wieder Rauch. Da sind auch Zugstraßen. Geht sie entlang. Zum Großen Fluß – das sind vier, fünf Tage.«

Sie holte Brotkanten aus dem Sack, dann gab sie ihnen den Sack selbst. »Die Sonne kommt. Lauft jetzt!«

Sie begruben schnell ihre Feuer und suchten ihre Sachen zusammen. Der Junge stellte sich kerzengerade hin, beugte den Kopf und sagte: »Danke, Mutter.« Nie zuvor hatte er jemanden Mutter genannt. Sarah Jane war zu schüchtern, um es ihm gleichzutun, aber sie gab der alten Frau einen Kuß auf die Wange und flüsterte: »Danke.« Sie rannten am Berghang entlang in ein ausgetrocknetes Flußbett und waren fort, noch bevor die anderen sich geregt hatten.

»Sie waren freundlich!« rief Sarah Jane, als sie in Sicherheit waren. »Obwohl sie unsereins kennen, waren sie freundlich!«

Der Junge schaute halsstarrig drein. »Sie haben uns nicht ge-

kannt. Sie waren nett zu uns, weil wir ordentliches Werkzeug und Nahrung bei uns hatten.«
»Unsinn! Die alte Frau hat uns erkannt, und sie war freundlich.«
»Sie ist alt«, erwiderte der Junge, und weil sie alt und freundlich gewesen war, nahm er ihren Sack mit, statt ihn hinter einem Stein liegenzulassen.
Am Abend probierten sie zum Zeitvertreib die Kleider an. Ihre Finger kamen kaum zurecht mit den Knöpfen und verschlungenen Schnüren, denn sie hatten all das längst vergessen. Die Feuereidechse schaute mit kleinen Perlaugen zu, so alt wie die Zeit selbst. Die Kleider waren abgetragen, geflickt und zerknittert, aber sauber. Sarah Janes Kleid hatte einen in Falten gelegten Kragen, und von den Schultern fielen Rüschen auf die langen Ärmel herab. Sarah Jane fand das Kleid schön.
»Du siehst gut aus«, sagte sie zu dem Jungen, der in seinem Hemd und den langen Hosen herumstolzierte wie ein Soldat, aber nur für eine kurze Weile. Auch Sarah Jane konnte das Kleid nicht lange tragen. Es saß lose und fiel ihr leicht auf die nackten braunen Waden herab. Wegen der Ärmel und des Kragens aber kam sie sich vor wie in einem Paket verschnürt.
Dennoch nahmen sie den Sack mit nach Süden durch die Berge. Hin und wieder zogen sie die Sachen an, sei es, weil die alte Frau so freundlich zu ihnen gewesen war, oder sei es aus Angst davor, eingesperrt zu werden. Hier in den zerklüfteten wirren Bergen gab es Felsen und trockene Flußbetten zum Verstecken, falls jemand auftauchte. Später würden sie auf viele Leute treffen, und da gab es weder Felsen noch ausgetrocknete Flüsse. Dann würden ihnen die Kleider Schutz geben.
Wenn sie in der Nacht die Sterne betrachteten, vermißte Sarah

Jane insgeheim oft das Meer und die Städte. Sie sehnte sich nach ihren Leuten: Vielleicht waren sie ja auch freundlich. Sie sehnte sich nach Leben, nach etwas Warmem und daß etwas geschah, an dem sie teilhaben konnte. In den Bergen gab es bloß menschenleere Pfade, so als wären alle fortgezogen, und einmal einen Mann, der auf Felsen einhämmerte. Von hochgelegenen Stellen aus erhaschten sie manchmal einen Blick auf diese sinnlosen Masten.

»Ich bin und bleibe Sarah Jane Tranter«, flüsterte sie zu sich. Aber jetzt, in ihrer Sehnsucht, am Leben ihrer Leute teilzuhaben, fühlte sie sich zum erstenmal wirklich wie eine Teufelin.

Als sie eines Tages einen steilen Hang hochkletterten, um einem unpassierbaren Flußbett auszuweichen, erblickten sie eine Stadt und den langen Meeresarm. Sie lagen in weiter Ferne und waren in einen Schleier aus Dunst und Rauch gehüllt. Sarah Jane holte tief, tief Luft. Sie machte ihr Teufelsgesicht, stellte dem Jungen ein Bein und ließ ihn den Hang hinunterkollern. Dann setzte sie sich auf den Sack der alten Frau und schaute aufs Meer. Nachdem der Junge »Oh, S'Jane!« geknurrt hatte, setzte er sich auf einen Stein und wartete.

Danach warfen sie oft einen Blick aufs Meer unten und entdeckten große und kleine Städte, Bauernhöfe, Getreidefelder und Straßen in der Ebene. Sie erblickten die dahinrasenden Feuer- und Dampfungetüme, die glänzenden, in der Sonne leuchtenden Schienen, auf denen sie fuhren, Häuser, Männer auf Pferden, Leute zu Fuß und Kutschen.

»Willst du runtergehen?« fragte der Junge.

»Und bei der Hitze unsere feinen Sachen anziehen?« spottete

Sarah Jane. Sie war scheu geworden und betrachtete sich das Treiben lieber von den Bergen aus.

Manchmal sahen sie von der einen oder anderen hochgelegenen Stelle aus Städte, Häuser und Straßen, an denen gebaut wurde, und glänzende Schienen, die gerade verlegt wurden. Schließlich gingen die Ausläufer der kahlen Berge in sanftere Hügel über, und die Kinder fanden sich unter Sarah Janes Leuten wieder.

Inmitten goldener Weizenfelder lagen kleine Städte mit Kirchen und Schulen, aus denen Kinder herausschwärmten wie Bienen. Zwischen den Städten gab es Bauernhäuser aus dunklem Stein. Die gesamte Umgebung schien in Ackerland verwandelt, nur auf den Straßen konnte man laufen. Auch andere waren zu Fuß oder mit Pferd und Wagen unterwegs. Die Kinder starrten Sarah Jane und den Jungen unverwandt an, die Erwachsenen schauten stirnrunzelnd zu ihnen hin und sahen dann weg.

»Ihr werdet mich schon noch wiedererkennen«, murmelte Sarah Jane, die Nase in die Luft gestreckt.

Der Junge erwiderte das Stirnrunzeln der Leute, doch als sie an einem Weizenfeld vorbeikamen, zog er Sarah Jane hinein. Versteckt im hohen, rauschenden Weizen, öffneten sie den Sack der alten Frau und nahmen die Kleider heraus. Sarah Janes tastende Finger verspürten einen scharfen Stich: Die im Sack vergrabene Feuereidechse hatte sie gebissen.

Sie ließen die Eidechse im Sack und zogen die Kleider an. Die alte Frau hatte recht gehabt, denn jetzt schienen sie den Leuten kaum mehr aufzufallen. Aber es war unangenehm, wie eingewickelte Päckchen in ihren Kleidern steckend in der heißen Sonne zu laufen.

Es gab noch andere Schwierigkeiten. Überall um sie her gedieh

Nahrung, aber die Hühnerhöfe, Gärten und Obstbäume wurden tagsüber von Leuten versorgt und bestellt und nachts von Hunden bewacht. Wenn es keinen Fluß in der Nähe gab, mußten sie sich Wasser aus Brunnen oder viereckigen Eisenbehältern beschaffen. »Es ist hier um keinen Deut besser als im Dürren Land«, sagte Sarah Jane.

Sie machten es genauso wie vorher im Dürren Land: Sie rasteten bei Tag in Wäldchen, einem Weizenfeld oder unter einer Brücke und zogen in der Frühe oder spätabends weiter. Es war dann ruhiger und auch leichter, Nahrung zu finden oder sie von irgendeinem Feld zu stehlen, wo weder ein Bauernhaus noch Hunde allzu nah waren.

»Was frißt eine Feuereidechse?« fragte Sarah Jane und achtete darauf, daß sie sie nicht zerquetschte, als sie eine gestohlene Rübe in den Sack rollte.

»Feuer wahrscheinlich. Nachts stiehlt sie sich raus und sucht sich selbst ihr Fressen.«

Eines Tages, früh am Morgen in der nebligen Dämmerung, entdeckten sie Kaninchen an einem rauhen Abhang, wo kein Bauernhof in der Nähe war. Sie erkannten sie mit einem Blick, denn in den Siedlungen am Meer im Osten hatte es auch Kaninchen gegeben. Sie waren aus England herübergebracht worden und dienten als Nahrung. Es dauerte eine Weile, bis Sarah Jane der Name wieder einfiel.

»Kaninchen«, flüsterte sie nach ein paar Anläufen. »Eigentlich sollten sie in Käfigen gehalten und versorgt werden.«

Aber diese Kaninchen liefen frei herum und suchten sich ihr Fressen selbst – sie fraßen junge Triebe. Sie waren kleiner und grauer als jene im Osten, und sie lebten in Erdlöchern. Der Junge erlegte eins mit seinem Wurfholz, und es schmeckte genauso gut wie Opossums.

Es war im flachen Land zwischen Bergen, als sie das erste Mal auf Gleise aus quer verlegten schweren Holzbohlen und langen Eisenschienen stießen. Ihnen war gleich klar, daß das eine Zugstraße sein mußte.

»Sie führt nach Osten!« rief Sarah Jane. »Wir sollten ihr folgen!«

»Sei vernünftig, S'Jane«, brummte der Junge, obwohl er genauso aufgeregt war wie sie. »Hier führt sie nach Osten, und ein Stückchen weiter führt sie vielleicht nach Westen. Die alte Mutter hat gesagt, wir müßten abwarten, bis sie ganz lange nach Osten führt, und zwar erst in den Bergen.«

Sarah Jane war enttäuscht, streckte die Zunge heraus und rollte mit den Augen. Aber auch der Junge war enttäuscht. Sie liefen den ganzen Tag an der Zugstraße entlang und kampierten in der Nacht in ihrer Nähe, weil sie hofften, einen Zug zu Gesicht zu bekommen. Doch es kam keiner. Sie mußten die Zugstraße hinter sich lassen und auf die Berge zusteuern.

Als die Bergkette sie höher hinauftrug, lagen die Bauernhöfe und Städte nicht mehr so dicht beieinander. Die Straßen zogen sich endlos weit dahin und waren menschenleer. Mitunter konnten die Kinder durch Wald laufen und die feinen Kleider in den Sack stopfen. Die Feuereidechse versteckte sich nun nicht mehr im Sack, sondern kam wie ehedem an ihr Kochfeuer.

Jetzt erhaschten sie hin und wieder einen Blick auf das Meer im Westen, auf Städte, die so groß waren, daß sie sich über die Ebene ausdehnten, und auf Züge, die unter Dampf- und Rauchwolken dahinjagten und wie böse Geister kreischten. Doch sie waren zu weit weg, um sie deutlich erkennen zu können. Es war wunderschön, in der Nacht auf die mit Lichtern gemusterte Küste hinabzuschauen und den langen Strahl eines Leuchtturms übers Meer streichen zu sehen.

Es kam eine Nacht, in der sie auf einer Erhebung über einer mit Lichtern geschmückten Stadt kampierten. Auf dem dunklen Meer im Westen erstrahlten selbst die Schiffe. Das rot flackernde Licht kleiner Feuer loderte hier und da auf, und plötzlich, wie von Zauberhand, waren da bunte, sehr helle Lichter, die in die Luft schossen, und von Zeit zu Zeit ein Geräusch, als würden Gewehre abgefeuert. Der Junge schloß die Augen und begann Zauberworte zu singen. Sarah Jane packte ihn am Knöchel, falls er wieder weglaufen wollte.

»Ein Feuerwerk! Hab keine Angst, es ist ein Feuerwerk! Es findet sicher zum Geburtstag des Königs statt oder aus sonst einem wichtigen Anlaß! Oh, schau!«

Der Junge sah nicht hin, darum begann sie ihm zu erzählen, wie das Feuerwerk aussah. Doch bald war der Anblick so großartig, daß es Sarah Jane die Sprache verschlug und er selbst hinschauen mußte. Die kleinen Feuer waren erloschen, aber auf den Schiffen hatte eine große Feuerwerksdarbietung begonnen.

Raketen schossen hoch in die Luft, und Sterne und Blumen aus Feuer schwebten langsam herab. Salven bunten Lichts explodierten am Himmel und warfen ihren Glanz übers Meer. Da gab es Tiere aus Licht: einen Löwen und ein hüpfendes Känguruh. Riesige Ziffern und Buchstaben schossen leuchtend über dem dunklen Meer empor: 1901 BUNDESSTAAT. Sarah Jane sagte das nichts, aber unten gerieten die Leute darüber ganz aus dem Häuschen, sie schwenkten die Arme und hüpften um die kleinen

Feuer. Sarah Jane hielt das lange Wort, das sie nicht entziffern konnte, für den Namen des Königs. Es bildete den Abschluß der Darbietung. Aber im Umkreis der Feuer wurden weiter Feuerwerkskörper gezündet, bis den Kindern die Augen zufielen. Nur die Feuereidechse schaute mit alten, leuchtenden Augen zu.
Noch lange danach sprachen sie über das Feuerwerk und fragten sich, aus welchem Anlaß es stattgefunden haben mochte; sie redeten über Schwarzpulver und über Könige. Selbst der Junge begann sich dafür zu interessieren und wurde es leid, immer nur von den Bergen aus dem Treiben unten zuzusehen.
»Ich wünschte, wir könnten durch die Straßen schleichen, wenn die Leute schlafen«, seufzte Sarah Jane.
»Und einen Zug von nahem ansehen«, sagte der Junge. »Am besten vielleicht auch dann, wenn er schläft.«
Eines Tages liefen sie über einen Hügelkamm zu einem ausgetrockneten Fluß hinunter und vernahmen im Gehen das entfernte Keuchen eines Zugs. Sie hörten sein gellendes Pfeifen und sahen Rauch über die Berge treiben – da begannen sie wie der Blitz zu rennen. Das Geräusch des Zugs wurde lauter.
»Noch mehr Rauch«, keuchte Sarah Jane und erblickte wieder eine Rauchwolke. »Wir schaffen es nicht rechtzeitig durch den ausgetrockneten Fluß.« Aber als sie in das Flußbett hinabschauen konnten, sahen sie, wie sich dort die Zugstraße entlangschlängelte.
»Osten!« rief der Junge mit blitzenden Augen. »Sie führt nach Osten!«
Sie stiegen ein kleines Stück in das ausgetrocknete Flußbett hinunter. Dicker Rauch stieg nun über den Bäumen auf dem gegenüberliegenden Hang auf. Das Pfeifen des Zugs gellte, sehr

laut und nah. Er rumpelte, schnaubte und keuchte wie ein großes, wütendes Tier.

»Nicht zu tief runter!« rief der Junge plötzlich ängstlich. »Halt an, S'Jane. Laß uns hier warten!«

Sie kauerten auf dem Abhang, hielten sich an den Stämmen junger Bäume fest und warteten. Die Lok kam in Sicht gebraust, paffte vor Rauch und zischte vor Dampf, ihr Inneres glühte vor rotem Feuerschein. Sie blies Wind vor sich her, und die langen Waggons und niedrigen Wagen kamen hinter ihr hergeschlenkert wie der Schwanz eines Tieres. Der Zug füllte das Flußbett mit Rauch und Lärm und jagte mit einer Geschwindigkeit und Kraft dahin, die sie ihm von weitem nicht angesehen hatten. Sein Pfeifen wehte durch den Rauch nach hinten, und weg war er.

»Es haben Leute drin gesessen«, flüsterte Sarah Jane. »Sie müssen um ihr Leben gefürchtet haben.«

Der Junge starrte in Trance nach Osten und sah in der Ferne Rauch über den Bäumen aufsteigen. Als das Geräusch verklungen war, stiegen sie wieder das Flußbett hoch und kletterten über den Rand der Böschung. Eine lange Rauchfahne stieg zwischen den Bergen auf und schwebte zum Himmel.

»Wir sollten unten laufen. Sonst verlieren wir die Zugstraße noch aus den Augen.«

»Danke bestens. Es könnte ja wieder ein Zug kommen.«

»Morgen laufen wir unten lang. Jetzt ist es schon zu spät.«

Das Flußbett führte steil bergab, die glänzenden Schienen klebten auf der anderen Seite. Als sie sich um den Fuß eines schroffen Felsens schlängelten und verschwanden, sagte der Junge, es sei an der Zeit zu kampieren. Morgen würden sie an den Schienen entlang nach Osten, zum Großen Fluß, gehen.

Während sie schliefen, kam die Feuereidechse aus dem Gras gekrochen und versteckte sich im Sack der alten Frau. Von Feuerwerk und Behaarten ließ sie sich nicht einschüchtern, und auch mit dem Kuddi-Muckra konnte sie es aufnehmen. Aber nicht mit dem Zug.

2

Ob es überall am Großen Fluß Städte gibt?«
»Bestimmt. Deine Leute sind wie Ameisen.«
»Und Schiffe mit großen Schornsteinen und Schaufelrädern?«
»Kann sein. Ich kann es doch nicht wissen, oder?«
Sarah Jane überlegte. »Schiffe wird's geben, denn wir haben auch welche auf dem See gesehen. Es müßte sogar richtig von Schiffen wimmeln.« Das war aufregend nach der langen einsamen Zeit, doch trotz aller Aufregung konnte Sarah Jane das ruhige Dahinfließen des Großen Flusses spüren, den sie schon so lange kannte und doch nur einmal erblickt hatte. Sie fühlte jenes mächtige Zusammenfließen von Flüssen, die gen Westen strömten und die die Erinnerung an das Dürre Land, den großen Salzsee und die vertrockneten kahlen Berge in ihr auslöschten. Hier gab es am Fuß der Berge nichts als Sumpfland, zerstreute Mallee-Wäldchen und die glänzenden Schienen, die nach Osten zum Großen Fluß führten. Hin und wieder kam ein nach Westen oder Osten fahrender Zug über die Schienen geprescht und sandte Rauchzeichen aus. Die Schienen sangen, wenn er herankam, und fühlten sich heiß an, wenn er vorüber war.
Wann immer die Kinder hörten, daß sich ein Zug näherte, sprangen sie auf den holprigen Pfad, der neben den Schienensträngen verlief. Aber bald vergaßen sie ihre Angst. Der Zug

glich einem kräftigen Tier an einer Kette: Er bewegte sich nur auf seinen Gleisen voran. Es war aufregend, dicht daneben zu stehen, wenn er vorbeifuhr. Sarah Jane winkte den Leuten in den Wagen zu, aber sie schienen es nicht zu sehen. »Er fährt so schnell, daß sie gar nicht die Zeit haben, uns zu bemerken«, erklärte sie.

Einmal tauchte eine Gestalt auf und folgte einer Biegung der Gleise: ein bärtiger Mann mit blauen Augen in schäbigen Kleidern, der, die Augen unverwandt auf das Gleis gerichtet, vor sich hin trottete. Ein langes, aufgerolltes Bündel hing ihm von den Schultern herab auf den Rücken, und er ging vornübergebeugt, um die Last auszugleichen. Die Kinder trugen ihre Kleider nicht und hatten keine Zeit, sich zu verstecken. Sie konnten bloß warten, bis er vorüber war.

Der Junge stand starr da, bereit wegzulaufen, aber Sarah Jane war verlegen und machte plötzlich ihren Küchenmädchenknicks. Das erregte die Aufmerksamkeit des Mannes, und er blickte schnell zu ihnen hin. Doch gleich darauf sah er wieder weg und trottete gleichmäßig weiter. »Scheint verzaubert zu sein«, murmelte Sarah Jane, die Nase in die Luft gestreckt.

»Sei vernünftig, S'Jane. *Willst* du, daß die Leute gucken?«

»Gucken wird doch noch erlaubt sein, und es gehört sich, zu grüßen. Wir sind schließlich keine Bandikuts, daß du's weißt.«

Sarah Jane spürte das Ziehen des Flusses unter ihren Füßen, und so gingen sie immer weiter in seine Richtung. Beinahe wären sie davongerannt, als sie an seinem hohen Ufer plötzlich die Dächer und Schornsteine einer Stadt auftauchen sahen. Rasch zogen die Kinder ihre Kleider an und liefen näher. Von einer Anhöhe herab erblickten sie einen Kai, Schiffe mit Schornsteinen und sich drehenden Rädern, lange beladene Lastkähne, Männer, die faul herumlagen oder arbeiteten, und das träge braune Wasser des Großen Flusses. Es kam von Osten angeschlängelt und machte einen Bogen nach Süden.

Die Kinder sahen hinunter, flüsterten und zeigten hierhin und dorthin. Es schien gefährlich zu sein, sich in einer Stadt aufzuhalten. Ein Zug pfiff und kam stampfend, ratternd und zischend herangeschnauft. Ganz aus der Nähe sah er noch gewaltiger aus, und doch stiegen die Leute so ruhig und unbekümmert aus, als kämen sie aus der Kirche. Die Kinder waren hingerissen.

Als sie feststellten, daß niemand sie beachtete, wurden sie mutiger und liefen geradewegs durch die Stadt, tranken Wasser an einem kleinen klaren Bach und entdeckten ein unbebautes Feld zum Kampieren. Dort stopften sie ihre feinen Kleider in den Sack und sammelten Brennholz, Lilienwurzeln und Sandelbaumfrüchte. Im Halbdunkel kamen die wilden grauen Kaninchen aus ihren Höhlen, und der Junge erlegte eins mit seinem Wurfholz.

Sie errichteten einen Schutz, um ihr Feuer zu verbergen, und aßen, während die Dämmerung in Dunkelheit überging. Die Fenster der Stadt leuchteten vor goldenem Kerzenschein, und die Kinder fühlten sich mutig und stark wie junge Bäume. In ihren Köpfen waren der Fluß, die Stadt und der Zug riesengroß.

»Es wird noch der Abend kommen«, prahlte Sarah Jane, »an dem ich hinschleiche, in die Fenster schaue und die Leute belausche.«

»Sie sprechen jetzt anders. Du wirst sie nicht verstehen.«

»Ich bin älter als du und kann sicher einige ihrer Wörter verste-

hen. Aber einen kleinen Eingeborenen könnten sie tatsächlich verwirren. Du bleibst besser beim Feuer.«
»Vielleicht«, brummte der Junge. »Aber dann findest du nie mehr zurück.«
Sie betrachteten die Sterne und schliefen ein. Sie vernahmen das Puffen und Pochen eines vorbeifahrenden Schiffes und die barschen Stimmen der Männer an Bord. Ab und zu schreckten sie durch Hundegebell aus dem Schlaf hoch. Nach der langen ruhigen Zeit kam es ihnen hier gefährlich und aufregend vor.
Früh am Morgen machten sie sich auf ihre Wanderung den Fluß entlang. Er wand und schlängelte sich durch die Mallee-Büsche wie eine große braune Schlange, so daß das Tuten und Poltern der Flußschiffe mal nah, mal weit weg und dann wieder ganz nah klang. Zuerst murrte der Junge.
»Wir kämen schneller voran, wenn wir nicht den Windungen folgen, sondern eine Abkürzung nehmen würden.«
»Das Schiff ist zu nah. Außerdem haben wir keinen Grund zur Eile, dein Großvater ruht in Frieden.«
Sie sahen auf dem Flußufer aufgeschichtete Holzscheite und einen Mann, der Äste kleinhackte, um sie auf den Stapel zu schichten. Ein Schiff kam in Sicht und machte fest, um etwas von dem Holz zum Befeuern aufzuladen. Die Kinder staunten verzückt seine große, klobige Form an, das hohe Ruderhaus und das große, tropfende Rad. So heruntergekommen das Schiff auch aussehen mochte, es beeindruckte sie trotzdem.
»Sie beachten uns gar nicht. Wir könnten einsteigen.«
»Vielleicht würden wir ihnen dann auffallen.«
Es kam selten vor, daß jemand Notiz von ihnen nahm, obwohl die Kinder oft dastanden und schauten, weil es soviel zu sehen

gab. Am Ufer kamen Kutschen vorbeigeschaukelt, große Pumpen bewässerten grünes Getreide auf den heißen, trockenen Ebenen, ein Mann zog mit Hilfe von Ochsen und Tauen Baumstämme und Baumwurzeln aus dem Fluß. Er schien Sarah Jane geradewegs ins Gesicht zu blicken. Sofort machte sie ihre Teufelsgrimasse. Aber er schaute bloß ein bißchen überrascht und beachtete sie nicht weiter.

Bis Anbruch des Abends waren sie meist nicht weit vorangekommen, aber das machte nichts aus. Es gab überall Bäume, unter denen sie kampieren konnten, und Fische im Fluß und Kaninchen in den Böschungen. Morgens zogen sie am Fluß entlang wieder weiter. Sie kamen zu einer kleinen Stadt. Da auch hier niemand Notiz von ihnen nahm, schlenderten sie hindurch, schauten sich um und belauschten die Leute. Sie fingen an, die seltsame Sprechweise der Leute zu verstehen.

Die Tage vergingen, glitten wie Sand durch ihre Finger. Jetzt schien es mitunter, als hätten sie den Fluß für sich. Manchmal war es schwer, ihm überhaupt zu folgen, weil er sich derart wand und schlängelte, sich manchmal teilte und wieder mit sich selbst zusammenströmte; aber auch wegen der neuen Flüsse, die in ihn mündeten. Mal stiegen die Ufer zu hohen Klippen an, in denen Vögel nisteten. Mal breiteten die alten Flußeukalypten ihre Zweige weit übers Wasser, und einmal, bei einer Überschwemmung, verbrachten die Kinder eine Nacht in deren Ästen.

Ihre Kleider zerrissen und wurden schmutzig. Sie stopften sie in einen hohlen Baum. Die Flußschiffe waren jetzt schäbiger, und es tauchten immer seltener welche auf. Dafür gab es mehr Züge. Wie der Magooya hatten sie sich nach und nach in freundliche Ungeheuer verwandelt; sie fuhren nach Norden Richtung Fluß und dann wieder nach Süden. Kleine Bauernhöfe waren zwischen den Städten verstreut, und die Kinder schauten und lauschten, äugten durch Fenster und flüsterten einander Neuigkeiten zu.

»Sie haben bloß einen großen Herd in der Küche! Der Ofen steht in der Stube!«

»Es ist ein *Kamin* – das hat sie gerade gesagt.«

»Nanu! . . . So helle Lampen, die sind praktisch. Ich habe schon lange nirgends mehr eine Kerze gesehen.«

Bei schlechtem Wetter kampierten sie ein-, zweimal im Windschatten irgendeines Gebäudes, aber das schien nicht so sicher zu sein wie ein Wäldchen am Fluß. Dort leuchteten die Lichter zumindest in einer gewissen Entfernung, sie hatten das Feuer für sich allein und fühlten sich heimelig. Weder Behaarte noch alte Geister kamen vorbei – vielleicht hielten die Lichter sie fern. Aber es kam eine Nacht, in der neue, andere Geister vorbeischwebten.

Zuerst träumten die Kinder: von Einsamkeit und von der Suche nach einem Zuhause. Dann wachte Sarah Jane auf und setzte sich hoch, wobei sie schnell fragte: »Hast du mich gerufen?«

»Sch«, sagte der Junge. »Leg dich wieder hin.« Er flüsterte in die Feuer und schob Reisig nach.

Mondschein hatte die Sterne verblassen lassen. Nebel lag auf dem Fluß, und zerlumpte Nebelwesen trieben über die Ebene. Unter ihnen schwebten andere Gestalten dahin, die nicht zu sehen, aber zu spüren waren, wie Augen, die einen beobachten. Sie schauten und zogen weiter, einer und dann noch einer, die Geister junger Männer auf der Suche nach ihrem Zuhause. Die

Kinder fühlten sie vorbeiziehen und lagen still da. Sie wußten nicht, daß in jener Nacht das ganze Land von diesen Geistern heimgesucht wurde, aber sie fühlten es.

Bald dachten sie nicht mehr daran, denn plötzlich gab es zauberhafte Dinge zu sehen. Da war eine Kutsche ohne Pferde, die Leute beförderte und aus eigenem Antrieb über die Straße surrte und polterte. Leute kamen aus ihren Häusern gelaufen, um sie vorbeifahren zu sehen, und die in der Kutsche saßen stolz wie Könige da.

»Daß sie nicht an den Daumen lutschen«, spottete Sarah Jane, »wo dieses Ding fast wie ein Kinderwagen aussieht.«

In der Nacht leuchtete weißes statt gelbem Licht aus den Fenstern, und manchmal drang seltsame Musik heraus: mehr Stimmen und Instrumente, als ein Haus fassen konnte, die alle zugleich sangen oder spielten. Die Kinder, die hineinlugten, stellten fest, daß sie aus einem Gerät mit einer Kurbel kam. Bei diesen Stippvisiten lernten sie viele neue Wörter und die Namen vieler neuer Dinge. Manchmal saßen im Dunkeln viele Leute zusammen und betrachteten aus Licht gemachte Bilder, die auf einem weißen Vorhang herumhüpften. In der Nacht waren die Städte so groß und hell, daß sie sich an den Bergen entlangzogen wie Flecken herabgefallener Sterne.

Es war in einer Stadt, als die Kinder ein Raunen am Himmel hörten. »Meinst du, da kommt ein schlimmer Sturm auf?« fragte Sarah Jane.

Der Junge schüttelte den Kopf. »Dafür ist es zu leise.«

»Ein Vogel kann es nicht sein. Es gibt keinen, der ohne Luft zu holen in einem fort so ein Geräusch macht.«

»Nein. Es ist irgendeine Maschine von deinen Leuten.«

»Eine Flugmaschine!« sagte Sarah Jane höhnisch. »So ein Blödsinn!«
Aber das Geräusch wurde lauter und füllte den Himmel aus. Der Junge packte Sarah Jane und zog sie unter eine Markise; die Feuereidechse erschien und tauchte in den schützenden Sack. Die Flugmaschine flog hoch am blauen Himmel, jaulte und ächzte, segelte aber durch die Luft wie ein Schiff übers Meer. Die Stadt war voller Leute, die zum Himmel starrten und winkten.
»Ich kann nicht mehr«, sagte Sarah Jane, als sie sich wieder gefaßt hatte.
Danach erschienen ihnen die Züge wie alte Freunde. »Wir könnten doch auch mitfahren, genau wie all die Leute«, sagte der Junge, als sie auf einem Bahnsteig standen und den einsteigenden Leuten zusahen. »Wir könnten irgendwo hinfahren und schnell wieder zurückkommen.«
Sarah Jane starrte ihn an. Als sie ihre Sprache wiedergefunden hatte, rief sie: »Danke bestens! Und wohin bringt er uns, und wie kommen wir zurück?«
Aber die Augen des Jungen leuchteten, denn er hatte oft davon geträumt, mit einem Zug zu fahren. Er sagte: »Er bringt uns an einen Ort wie diesen, wo andere Leute einsteigen. Wir steigen dort aus und warten, bis ein anderer Zug zurückfährt. In den steigen wir ein – und hier wieder aus.«
»Aber die Leute bezahlen Geld dafür, das hast du doch gesehen! Was werden sie sagen, wenn wir nicht bezahlen? Nur wenn wir uns still verhalten, beachten sie uns nicht. Manchmal starren sie uns an und gucken dann schnell weg.«
»Oh, S'Jane! Wir verhalten uns still, aber wir werden nicht mit

den Leuten mitfahren. Komm.« Er lief an den Gleisen entlang, weg von den Wagen, in denen Leute saßen, zu einem Waggon, in dem Güter befördert wurden. Sarah Jane kam ihm nach und stritt weiter mit ihm, versuchte dabei aber leise zu sein.

»Was, wenn er lange unterwegs ist und wir nichts zu essen und zu trinken haben?«

Er stand an der offenen Tür des Güterwaggons, starrte auf die Räder und verhielt sich leise, damit die Leute nicht hinsahen. Es war niemand in der Nähe. Er sagte: »Wird er nicht. Alle andern müssen auch essen und trinken.« Er stieg in den Wagen, und Sarah Jane blieb nichts anderes übrig, als ihm zu folgen.

Da gab es Säcke, Pakete, Maschinenteile und große Holzkisten sowie einen Sitz für den Mann, der im Güterwagen mitfuhr. Es war leicht, sich hinter den Kisten zu verstecken. »Wir haben die Feuereidechse nicht dabei«, brummte Sarah Jane und tastete in ihrem Sack.

Der Mann kam herein, schloß und verriegelte die Tür und stellte sich an eine offene Luke. Der Zug pfiff, ruckelte, schnaufte schwer und setzte sich langsam in Bewegung. Der Güterwagen ruckte und knirschte, und Räder ächzten auf Schienen. Die Augen des Jungen strahlten, Sarah Jane aber holte vor Aufregung und Angst kaum Luft. Keiner von beiden wagte sich zu rühren.

Der Zug puffte, schnaufte und wurde schneller. Die Räder sangen, der Güterwagen schaukelte und schwankte hin und her. Die Kinder klammerten sich an die Kisten, die wackelten und wankten. Nichts Schreckliches geschah, und bald gewöhnten sie sich an das Schwanken und an die Geschwindigkeit und spähten über die Kisten. Der Wärter setzte sich hin und sortierte Papierstreifen. Indem sie einander Zeichen machten, krochen die Kinder zwischen Kisten und Paketen zu der offenen Fensterluke, sahen hinaus und hielten sich am Sims fest.

Zuerst konnten sie kaum etwas erkennen, so schnell flog das flache Land vorbei. Aber in der Ferne bewegte es sich langsamer. Dort glitt eine gewundene Reihe großer, ausladender Eukalyptusbäume vorüber. Die Kinder deuteten darauf und nickten: Es war der Fluß. In der Ferne gab es flache blaue Berge, deren Formen sich langsam veränderten. Der Junge betrachtete sie und runzelte die Stirn, als er sich zu erinnern versuchte.

Dann verlangsamte sich die ganze Landschaft, weil der Zug an Tempo verlor. Die Kinder lehnten sich im Wechsel hinaus, schauten nach vorn und erblickten Häuser an einem nach Norden fließenden Fluß. Das Pfeifen ertönte, und sie krochen schnell wieder in ihre Ecke. Der Mann zog Pakete zur Tür. »Wir steigen aus«, flüsterte der Junge.

Schwer puffend und knirschend hielt der Zug an. Die Tür ging auf. Ein Mann wartete draußen mit einem Karren. Während die beiden Männer Pakete aus dem Güterwagen schoben, schlüpften die Kinder leise an ihnen vorbei und drängten sich den Bahnsteig entlang.

»Ich bin ganz durchgerüttelt und zittere wie Pudding! Wann fährt ein Zug zurück? Ob wir bis morgen warten müssen?«

»Wir fahren nicht zurück, sondern suchen den Fluß und gehen nach Norden. Ich habe die Berge gesehen.«

»Aber wir haben die Feuereidechse nicht mitgenommen! Wir müssen sie zurückbringen!«

»Oh, S'Jane! Du weißt doch, daß sie immer wiederkommt.«

»Papperlapapp!« rief Sarah Jane und stampfte mit den Füßen

auf dem Bahnsteig auf. »Gerade jetzt, nachdem ich mich an das Zugfahren gewöhnt habe.« Eine Frau mit einem großen Hut, den sie mit einem Schal festgebunden hatte, drehte sich um und musterte Sarah Jane. Der Junge stupste sie mit seinem spitzen Ellbogen an.

»Sch. Es gibt noch mehr Züge, ja?«

Sie gingen nach Nordosten und kampierten in jener Nacht am Fluß. Der Magooya, diesmal in Gestalt eines großen rotäugigen Dingos, machte drohende *Krck*-Geräusche, um sie wegen des Zugs zu bestrafen. »So was!« rief Sarah Jane. »Wie schnell er uns gefunden hat!«

Jetzt hielten sie weiter auf Nordosten zu. Die Ebene stieg langsam an und ging in Berge über. Sie durchquerten Fluß um Fluß und setzten die Feuereidechse, nachdem der Sack sich aufgelöst hatte, in die Haare des Jungen. Es gab größere und abgelegenere Bauernhöfe, wo die Hunde sie zwar nach wie vor bemerkten, nicht aber die Leute, und immer führten Straßen an ihnen vorbei. Überall waren Straßen.

»Wo ist der Wald geblieben?« fragte Sarah Jane.

Der Junge antwortete nicht. Er erinnerte sich kaum noch an die Zeit der Wälder, aber er vermißte sie, denn er verstand sich darauf, sicher und gut in ihnen zu leben.

Die Tage gingen schnell dahin, während sie sich den Bergen im Osten näherten. Jeder neue Tag war voller Rätsel. Da wuselten Frauen mit seltsamen, schmucklosen Hüten auf den Köpfen draußen vor ihren Häusern herum. Sarah Jane lachte so sehr, daß sie aufmerkten, und die Kinder mußten sich unter einer Brücke verstecken. Überall gab es pferdelose Kutschen, zu viele, um sie zu zählen – sie hießen jetzt Automobile und sahen nicht mehr aus wie Kinderwagen. Die Kinder wanderten im Wind auf ebenen schwarzen Straßen dahin, von Maschinen gebaut, die so groß wie der Magooya waren. Neben den Straßen verliefen die Masten mit Drähten. Das Land schien in Drähten verheddert.

Jeden Tag erschienen Flugmaschinen, die wie geflügelte Wale über den Himmel schwammen. Einmal gab es hinter einer so mächtigen Mauer, daß höchstens ein Riese sie errichtet haben konnte, ein großes Wasserloch. In der Nacht waren gewaltige Felder herabgefallener Sterne über Berghänge und Ebenen ausgebreitet: die Lichter von Städten, die zu groß waren, um wirklich zu erscheinen. Die Kinder hielten sich von ihnen fern.

Es gab ruhige Straßen zum Laufen und schmale, von den Bauernhöfen und Städten übriggelassene Waldstreifen. Aber die Nahrung des Waldes und die kleinen Flüsse waren fort. Es war schwer, einen guten Lagerplatz zu finden und zum Essen eine Buschratte, ein Bandikut oder auch nur eine Eidechse. Die Feuereidechse erschien so gut wie nie. Sarah Jane entdeckte jedoch Wasser in Hähnen, und häufig gab es Kaninchen, die sie fangen konnten, und Gärten zum Plündern.

»Es ist Diebstahl«, murmelte Sarah Jane dann. Ihre Leute schienen zu beschäftigt, um freundlich zu sein, und sie dachte an die Soßenschüssel.

»Dann verhungere eben«, antwortete der Junge jedesmal finster darauf.

»Das will ich nicht. Weil ich älter bin als du, mache ich mir nun einmal mehr Gedanken.«

»Sei vernünftig, S'Jane. Was sollten wir sonst essen? Alles andere haben sie geraubt.«

Dann bekam sie es jedesmal mit der Angst zu tun, seine goldene

Narbe könnte verblassen, und versuchte ihn zu trösten. »Laß dich einfach nicht erwischen. Es ist nicht mehr weit bis zu den Bergen. Da ist es ruhig, und gleich hinter ihnen liegt das Meer.«
Das Land zog sich höher und höher hinauf zu den Bergen, bis sie schließlich bloß noch niedrige, schroffe Felsen hochklettern mußten. Die Hänge standen voller kaputter Bäume, die mit Brombeergestrüpp und Trichterwinde überwuchert waren, deren helle Blüten in der Sonne leuchteten. Aber hier ließ sich noch Buschnahrung finden, und unter Brombeersträuchern gab es versteckte, von Rohren gespeiste Bäche. Die Kinder arbeiteten sich mühsam hinauf und entdeckten eine Straße, die an einem Hang entlang nach Nordosten führte. Sie folgten ihr im Schutz des Waldes, wie sie es schon mal getan hatten, kamen erneut zu Erhebungen über tiefblauem Dunst und sahen hinunter auf die Ebene und das ferne Meer im Osten.

3

Es ist eine richtige riesengroße Stadt!« rief Sarah Jane. »Wie London, wo der König wohnt!«

Wenn es auf den Ebenen im Westen Rätsel gegeben hatte, so waren sie nichts im Vergleich zu den Rätseln da unten. Eine seltsame Art von Pilz überzog das Land und kroch die Berge hoch. Beim Näherkommen stellten die Kinder fest, daß es die Dächer von Häusern waren. Bäume und Gärten, in denen Kinder spielten, sowie Wasserbehälter waren zwischen sie gezwängt. Hier und da ragten berghohe Türme auf, mit reihenweise Fenstern, die in der Sonne blinkten.

»Wie kommen die Leute da rauf? Über eine Treppe wäre man einen ganzen Tag lang unterwegs.«

»Mit Flugmaschinen natürlich. Schau, die Dächer sind flach.«

Flugmaschinen summten dahin wie Bienen und wurden riesengroß, wenn sie niedergingen. Es gab so viele Automobile, daß sie wie Sirup dahinflossen, und manchmal krachten sie ineinander. Züge ohne Motoren flitzten auf Schienen dahin, und ein tiefes, dumpfes Dröhnen stieg in die Berge hoch.

»Willst du runtergehen und es dir genauer anschauen?« fragte der Junge verbissen.

»Die Feuereidechse würde ich nicht mit da runternehmen!« rief Sarah Jane. »Wir müssen es uns von hier aus ansehen.« Die Stadt

würde der Feuereidechse mit Sicherheit Angst einjagen, denn bei aller Rätselhaftigkeit und Aufregung flößte sie auch Sarah Jane Schrecken ein.
»Also wandern wir weiter nach Westen«, sagte der Junge erleichtert.
In jener Nacht kauerten sie auf einer Anhöhe mit den blassen Sternen oben und einer Welt voll hellerem Licht unten. Lange Lichtfelder führten zum Meer hin und verblaßten in der Ferne zu einem schwachen Glühen. Alleen aus Licht verbanden ein Feld mit dem nächsten, und Flüsse aus Licht flossen durch dunkle Flecken dazwischen. Da gab es rote, grüne, blaue und gelbe Lichter; Lichter, die die Farbe wechselten; Lichter, die strahlten, matt schimmerten und aufblitzten; Lichter, die am Himmel schwammen, wenn ein Flugzeug darübersegelte. Sarah Jane war verzückt.
»Sie plagen sich nicht mit Feuerwerken ab. Sie haben so viele Lichter und Farben, wie sie wollen. Kannst du bei all den Veränderungen und dem Gewirr den Berg des Feuers finden?«
»Die Berge können sie nicht verändern«, sagte der Junge.
Sie war nicht sicher, ob er recht hatte, denn ein Lichterstrang kam unten aus einem Berghang wie ein Kaninchen aus seinem Loch.
Früher hatte es keine Löcher in den Bergen gegeben. Einen Augenblick lang waren die Lichter verschwunden, und die Sterne leuchteten hell: Es war wie in jener Nacht vor langer Zeit auf einem Gipfel weiter nördlich, als der Junge ein Wallaby gebraten hatte, während Sarah Jane die windige bewaldete Dunkelheit nach dem Licht einer Kerze absuchte.
Dann leuchteten die Lichter wieder auf, und Sarah Jane begriff,

daß der Junge recht hatte. Wälder hatten sich in Städte verwandelt, aber die Berge waren noch wie einst.
Sie errichteten Schutzdächer, machten ein Feuer und brieten ein Kaninchen, das sie gefangen hatten. Die Feuereidechse kam, auf der Suche nach Wärme und Sicherheit.
Im Westen gab es ruhige Hänge mit zerstörtem Wald, in dem sich jedoch noch Nahrung finden ließ. Es gab noch zum Himmel hin offene Flüsse und Straßen, die sich überqueren ließen, wenn man stehenblieb, horchte und die Automobile abwartete. Die Städte waren klein und alt, und die Täler zeichneten Landkarten, an die sich der Junge zu erinnern begann. Manchmal aber waren die Hänge schroff und wild und zwangen sie wieder nach Osten. Dort kamen die Küstenstädte die Berghänge hochgekrochen. Es war schwer, einen Weg durch ihre Straßen zu finden, die alle gleich aussahen und schnurgerade verliefen. Sie waren voller Motoren, die jetzt Autos genannt wurden und die einen überfahren konnten. Manchmal bemerkten die Leute, die in ihnen saßen, daß die Kinder in sie hineinzurennen drohten.
Die Läden waren so groß, hell und geschäftig, daß der Junge eingeschüchtert war und nicht hineingehen wollte. Sarah Jane ging allein in einen hinein und kam heil wieder heraus, indem sie sich an die Fersen eines anderen Kunden heftete. Da gab es kleine Wägelchen, so daß die Leute mehr kaufen konnten. Einige Sachen verkaufte der Laden, andere verschenkte er. Sie lagen in Körben, damit die Leute sich selbst bedienen konnten. Sarah Jane nahm sich einen roten Kamm.
»Hast du so einen schon mal gesehen?« rief sie fröhlich und zeigte ihn dem Jungen. »Ich hatte mal einen, weißt du noch? Wie hab ich den bloß verloren?«

»So wie du diesen hier wahrscheinlich auch verlieren wirst.«

Die Häuser waren klein und standen eng beieinander. Kleine Tore führten in kleine Vorgärten. Sarah Jane nannte sie beengt und fand es schade, daß keiner mit einer Kutsche oder auch einem Automobil bis an seine Eingangstür fahren konnte. Es gab nicht viele Schornsteine, aber auf jedem Dach war ein kleines Drahtgestell befestigt. Sarah Jane hielt diese Gestelle für Vogelsitzstangen, der Junge aber meinte, es seien Bösegeisterfallen oder irgendein anderer Zauber.

»Ich bezweifle, daß wir bei all den vielen Straßen und Automobilen je noch mal das Meer finden«, sagte Sarah Jane traurig.

»Hier nicht«, sagte der Junge. »Weiter im Norden.« Aber sie war überzeugt, daß er es aus reiner Freundlichkeit sagte.

Einmal schlenderten sie in der Nacht durch eine Straße, weil die Autos dann in Schuppen standen. Stimmen und Musik drangen aus den Häusern, wie sie es schon mal gehört hatten: in einem Haus nach dem anderen, die ganze Straße entlang, dieselben Stimmen und dieselbe Musik, laut dröhnend oder leise wispernd. Schließlich erblickten sie durch ein Fenster eine der sprechenden Kisten. Sie besaß zu den Klängen passende Bilder, die so wirklich waren wie das Leben und sich auch so bewegten. Sie machten sowohl Sarah Jane als auch dem Jungen angst.

Die Leute waren leicht zu beobachten, und Sarah Jane betrachtete sie mit Scheu. Sie hatte das Verstreichen der Zeit kaum gespürt, seit sie mit dem Jungen unterwegs war. So schoß ihr nur in den Sinn, daß es ebendiese Leute waren, um die sie nachts geweint hatte, und daß sie eine von ihnen gewesen wäre, hätte es da nicht die Soßenschüssel und den großen weißen Fisch gegeben.

Seit der Zeit, als die Kinder am Großen Fluß gewesen waren, hatten sich die Leute sehr verändert. Sie redeten laut in kurzen, deutlichen Ausdrücken, benutzten nur wenige Wörter und packten besondere Bedeutungen hinein. Sie liebten wilde Spiele und schienen zu streiten, auch wenn sie lachten. Sie trugen Kleider in kräftigen, grellen Farben und in einer merkwürdigen Zusammenstellung. Ihre Haare trugen sie lang, kurz oder streifenweise aneinandergeklebt, manche hatten sie sich auch ganz abgeschoren. Es war schwer, Männer und Frauen auseinanderzuhalten. Der Junge sagte, sie hätten weder Onkel noch Großväter.
»Sie machen nur Gesetze, die ihnen passen.«
Sarah Jane verdrehte die Augen und streckte die Zunge heraus. »Unsinn! Sie *müssen* stark und schnell sein, so gefährlich wie es heutzutage zugeht. In dem Gewimmel von Autos, Maschinen und Straßen – sie müssen richtiggehend mutig sein!«
Es gab seltsame Dinge zu entdecken, selbst in den stillen Bergen jenseits der Städte: leere Türme aus Stahl oder Bäume, die von Giganten entwurzelt und verstreut worden waren. Am seltsamsten von allem waren die Felder mit ausgebuddelter Erde, auf denen Dinge vergraben wurden: Kleider, Kissen, kaputte Stühle, Schachteln, verfaulendes Gemüse, rostende Maschinen, zerrissene Bücher und Papiere, Fischköpfe, Teppiche und alte Knochen. Anscheinend waren alle Häuser einer Stadt ausgeräumt, die Gegenstände zerbrochen und zu einem großen Haufen aufgetürmt worden, damit die Maschinen sie untergraben konnten. Da gab es Fliegen, Ratten und einen üblen Gestank. Die Kinder starrten staunend darauf, bis der Gestank sie vertrieb.
»Vielleicht sind die Leute gestorben, und man vergräbt darum ihre Sachen.«

Einmal folgten sie unter Bäumen entlang einem Weg vom Rand einer Stadt aus nach Westen und kampierten oberhalb einer tief abfallenden Schlucht. Hohe Felsspitzen ragten darüber auf, tief unten lagen der dünne Strich eines Flusses und die stolzen, sich ausbreitenden Wipfel eines Waldes. Nachdem sie gegessen hatten, setzten sich die Kinder auf den rauhen Sandstein und blickten in die Schlucht. Sie war erfüllt von Mondschein und Stille.

»Der Wald da ist erhalten geblieben und noch genauso, wie er war.«

»Sie kommen nicht hin, um die Bäume zu fällen. Es ist zu steil und zu rauh hier.«

Sarah Jane versuchte mit dem neuen roten Kamm ihre zerzausten Haare zu entwirren. Sie hielt inne und murmelte: »Ich wünschte . . .« Aber ein Flugzeug ächzte über ihnen und hielt Ausschau nach den Städten, die sich im Osten zum Meer hin erstreckten; neue Berge wuchsen aus den Dingen, die der mutige neue Mensch wegwarf; und die Menschen waren in kleinen Räumen zusammengepfercht und betrachteten Bilder, die sich bewegten und sprachen. Wie konnte eine kleine Küchenmagd all dies wegen eines Waldes wegwünschen?

Später, im sicheren Schutz der Bäume, lagen die Kinder halb träumend an ihren Feuern, und die Feuereidechse lugte zwischen den glühenden Holzkohlen hervor. Der Mond wanderte über die Schlucht, und Schemen kamen herausgeklettert.

Es waren Behaarte mit langen, herabbaumelnden Armen und runden, vorgestreckten Köpfen. Sie sahen die Feuer und schlichen heran. Die Kinder und die Feuereidechse lagen reglos da. Die Behaarten knurrten leise und machten einander Zeichen.

Dann stahlen sie sich über den Pfad zwischen den Bäumen entlang weg. Sie waren gekommen, um von der Höhe herab die Lichter in der Ebene anzuschauen, um sie zu bestaunen und um eine tote Eidechse als Fürbitte um Schutz auf einen Felsen zu legen.

»Bist du wach?« flüsterte Sarah Jane.

»Sch«, flüsterte der Junge.

»Sie sind weg. Aber auch so nah an den Städten gibt es noch welche!«

»Warum nicht? Es gibt ja auch noch Wald.«

Sarah Jane jedoch konnte es kaum glauben, denn die Behaarten waren scheu, wild und lebten im verborgenen. Wie konnten sie die Autos, Lichter und die lauten, wimmelnden Leute ertragen? Die Flugzeuge und die großen Maschinen, die Sachen untergruben? Sarah Jane selbst fühlte sich verloren und fremd, obwohl sie sich doch gesehnt hatte nach all dem, was sie nicht zu fassen vermochte. Auch die Behaarten mußten mutig sein. Vielleicht mußten in diesen Zeiten alle Menschen mutig sein.

Die Zeit verging, und sie ließen die Städte in der Ebene hinter sich. Die alten verwitterten Hänge dehnten sich nach Westen und nach Norden aus. Der Junge erkannte die Gipfel und Flüsse wieder, deutete die Landkarten in seinem Kopf und wandte sich ein wenig mehr nach Westen. Noch weiter weg gab es wildere, vor Wald dunkle Hänge, aber hier waren die Berge leichter zu erklimmen und die Straßen sicherer. Es gab lichten Wald und mehr Nahrung. Die Städte nahmen ab und waren nicht mehr so groß.

Die Kinder schlugen im Halbdunkel auf einer Anhöhe ihr Lager auf und betrachteten Lichtblumen in einer Stadt unten. Sarah Jane fragte: »Was kann das sein?«

»Was kann *was* sein?«

»Wie soll ich das wissen, wenn ich doch gerade danach frage? Schau, es ist weiß und hat in der Luft gehangen. Schau, jetzt! Es wird angeleuchtet!«

Ein Lichtstrahl hatte das Halbdunkel durchschnitten und war auf eine weiße Fläche gefallen; jetzt bewegten sich riesengroße Bilder darauf. Reihen von Autos standen im Dunkeln unten davor, und es kamen weitere mit abgeblendetem Licht. Sie wirkten klein, weil die Bilder so gewaltig waren. Ein Strand, groß genug, um darüber zu laufen, hing in der Luft, während die Wellen sich brachen und über ihn hinwegspülten. Da waren überlebensgroße Menschen. Manchmal füllten ihre Köpfe die ganze Bilderwand aus, die größer war als alle Gestalten, die der Magooya annehmen konnte.

Der Junge rollte sich herum, vergrub sein Gesicht und flüsterte Zauberworte.

»Es sind bloß Bilder, genau wie in den Häusern«, sagte Sarah Jane verärgert. Aber nach einer Weile legte sie sich unter ihr Schutzdach und schloß die Augen. Die Bilder liefen weiter und weiter, riesengroß, hell und flach. Ihre Farben leuchteten durch ihre geschlossenen Augenlider hindurch. Sie hoffte, daß die Behaarten sie sich nicht ansahen.

Nicht lange danach erblickten sie unter sich einen Fluß. Der Junge sagte, es sei der Fluß des Magooya.

»Bist du ganz sicher?«

»Natürlich.«

»Woran kannst du das erkennen?«

»An den Bergen und daran, wie die Täler verlaufen. Eben daran, wo wir hier sind.«

»Ich finde, es kann uns egal sein. Wenn es nicht stimmen sollte, haben wir genug Zeit, um es herauszufinden.«

»Oh, S'Jane!«

Langsam kletterten sie von der Anhöhe hinunter in ein Gewirr von kleineren Flußläufen. Da gab es steile, zerklüftete Felsen, die sich blau gegen den Himmel abhoben. Manchmal erkannte selbst Sarah Jane ihre Formen wieder. Der Junge suchte über Bergkuppen hinweg einen Weg von Fluß zu Fluß. Sie näherten sich neuen Anhöhen. Dort kampierten sie auf einem Hang oberhalb eines von Bäumen gesäumten, breiten Flusses mit Blick über eine Ebene. Eine schwarze Straße führte um den Fuß der Berge gegenüber. Der Junge deutete mit dem Kopf darauf und sagte: »Das ist der Berg des Feuers. Morgen wartest du hier auf mich.«

»Das werde ich nicht«, sagte Sarah Jane rundweg. »Ich komme mit dir mit, um dem Magooya auf Wiedersehen zu sagen und mich bei ihm zu bedanken.«

»Sei vernünftig, S'Jane. Das Feuer wird dich holen.«

»Blödsinn. Feuer kann Wasser nichts anhaben. Und komm nicht auf die Idee, dich vor Sonnenaufgang wegzuschleichen. Ich werde dir sowieso nachlaufen. Außerdem willst du dir sicher noch mal meinen Kamm ausborgen.« Sie sprach scharf, weil ihr Loo-Errn einfiel und weil sie den Berg des Feuers erreicht hatten und sie sich nicht vorstellen konnte, wohin sonst sie hätte gehen sollen.

Der Junge wollte den Kamm nicht annehmen und sich auch nicht mit Fett einreiben, wie er es damals für Loo-Errn getan hatte.

Sein erster Besuch bei dem Feuer war richtig verlaufen, und er glaubte, alles müsse wieder genauso sein wie damals.

Am nächsten Morgen verließen sie im ersten Tageslicht das Lager. Die Feuereidechse war nirgends zu sehen. Sie durchquerten den Fluß an der Stelle, wo der Junge ihn schon mal durchquert hatte, liefen über die Talsenke und die schmale schwarze Straße, kletterten den Berg hoch und begaben sich um den Gipfel herum auf die andere Seite.

Es hing kein Rauch in der Luft. Sie sahen die geschwärzte Erde an der Stelle, wo vor langer Zeit Feuer herausgekommen war, die umgestürzten Felsen, wo es in den Berg eingedrungen war, und die gehärteten Risse, wo der Junge gelegen und in das Reich des Feuers geblickt hatte. Er legte sich wieder dort hin und sah hinein: Da war nur Dunkelheit in der Erde und keine Wärme.

»Ist es der falsche Berg?« flüsterte Sarah Jane.

Der Junge setzte sich auf und schüttelte den Kopf. »Das Feuer ist erloschen.«

»Ausgeschlossen! Du hast gesagt, dies ist sein Zuhause!«

»Nicht mehr«, sagte der Junge heftig. »Es ist erloschen. Erkaltet.«

»Du kannst es wieder entfachen! Du hast die Macht dazu!«

»Sei vernünftig! Niemand hat es je entzündet, es hat sich von allein entfacht. Wenn ich ein Feuer anzünden würde, wäre es das gleiche wie ein Lagerfeuer.«

Sarah Jane setzte sich wie blind hin. »Da ist also nichts. Wir haben den Magooya umsonst durchs Land geschleift.«

»Vielleicht ist er gar nicht mitgekommen«, sagte der Junge und legte sein Gesicht auf die Knie. Er war, durch diese lange, sich wandelnde Zeit, einen weiten Weg gekommen, um einen Blick in die Finsternis zu werfen und noch einmal die goldenen Augen des Feuers zu sehen – und nun waren sie fort. Die hinter dem Hang versteckte Sonne erfüllte den Himmel mit Licht, und plötzlich hallten scharfe, warnende Töne um die Bergspitze: *Krck! Krck-krck!* Der Magooya war gekommen.

»Armes Ding«, murmelte Sarah Jane. »Ich habe keine Worte dafür, wie unendlich traurig und wütend er sein muß.«

Der Magooya entfachte überall um sie her kaltes Feuer. Rote und goldene Flammen loderten höher empor als Bäume. Da ertönte ein langes trauriges Geheul, und ein großer goldener Dingo lief dort, wo die Flammen gewesen waren. Im Nu wirbelte er vor Rauch, stieg in den Himmel hinauf, schaute aus großen blassen Augen in einem dunstigen Gesicht herab, schrumpfte zu einem alten gebeugten Mann ohne Kopf, bekam Flügel und zog über ihnen dahin wie eine Riesenfledermaus. Im nächsten Augenblick schrie er schrill und bäumte sich auf wie ein Hengst mit großen weißen Zähnen, rollte sich zu der ungeheuren Schlange zusammen, die mit dem Kuddi-Muckra gekämpft hatte, und schoß wieder empor wie ein Adler mit Beinen, die jungen Zweigen glichen. Der Adler stieß auf den Jungen herab – und gleich darauf saß die Feuereidechse auf seinen Schultern. Sie jagte seinen Arm hinunter, glitt über Sarah Janes Füße und schoß in die rissige Erde, zum alten Sitz des Feuers.

Die Kinder liefen hin, um ihr nachzuschauen, und erblickten nichts als Finsternis. Sarah Jane rief hinein: »Also, auf Wiedersehen, du mit deinem Gebeiße und deiner Angstmacherei. Aber vielleicht bringst du ja das Feuer zurück.«

»Das wird sie nicht. Sie vermag nichts weiter, als ihre Gestalt zu verändern.«

»Aber sie war glücklich. Es war wie tanzen.«
»Heute abend wirst du sie wieder bei unserem Lager antreffen.«
»Ich würde nicht zurückkommen, wenn ich mein Zuhause und meine Eltern wiedergefunden hätte. Sowenig wie du, wenn du deinen Großvater gefunden hättest. Oder wenn wir die alten Wälder wiederfänden.«
»Du hast gesagt, danach wäre dir nicht. Dir wäre nach Leuten und all dem. Du wollest dabeisein, hast du gesagt, und dich nicht wie eine Teufelin verstecken müssen.«
Sarah Jane verdrehte die Augen. »Ich weiß. Aber jetzt habe ich es gesehen.« Sie nahm ihren Grabstock, und sie folgten dem alten Pfad des Feuers vom Gipfel herab zu den Hängen.
»Wohin gehen wir? Diesmal darfst du entscheiden.«
»Wir machen uns auf die Suche nach einem Wald«, sagte der Junge.
»Sie werden kommen und ihn roden.«
»Einige sind zu steil, sie können nicht hingelangen. Nordöstlich von hier gibt es unberührtes Land und gute Berge.«
»Da leben doch sicher Behaarte.«
Sie kampierten in jener Nacht hoch oben auf einem Hang, und es kam keine Feuereidechse an ihr Feuer. »Ich hab's doch gleich gesagt«, bemerkte Sarah Jane.
»Vielleicht hat sie gewußt, daß es tief unten doch noch Feuer gibt. Warum sonst sollte sie diesmal dableiben, nachdem sie uns so lange begleitet hat?«
»Die Veränderungen sind zuviel für das arme Ding. Züge, Autos, Lichter, Straßen und Menschenmassen. Nirgends Ruhe und Orte, wo sie hinkann.«
»Oh, S'Jane! Sie ist ein Magooya!«

»Und was hilft ihr das? Einer winzig kleinen Eidechse! Sie ist schlimmer dran als wir. Wir sind immerhin zu zweit, auch wenn wir genausowenig wissen, wohin.«

»Du schon«, sagte der Junge heftig. »Du könntest bei deinen Leuten leben.«

»Ohne jemals älter zu werden?« rief Sarah Jane. »Und selbst wenn – sie sind nicht mehr meine Leute. Sie sind anders geworden und haben alles um sich herum verändert! Wenn die Hunde nicht wären, würden sie uns nicht mal bemerken.« Sie rang nach Worten und drehte den Ring an ihrem Finger. »Um bei ihnen zu leben, bin ich nicht mutig genug. Wir sind beide fehl am Platz. Junge . . . willst du bei mir bleiben, bis wir zum Meer zurückgefunden haben?«

Er schaute traurig, weil ihr Tränen übers Gesicht liefen und weil er begriff, worum sie ihn bat. Aber er murmelte: »Wenn du willst.« Sie sahen einander an und schauten wieder weg. Jetzt erst wurde ihnen der Schmerz bewußt, der an dem Tag begonnen hatte, als sie den Baum mit der Jahreszahl gefunden hatten – ein Schmerz, der seither immer stärker geworden war.

»Keine Sorge«, sagte Sarah Jane sanft. »Für immer leben – so was kann nicht sein. Mein Ring sitzt lose, und deine Narbe ist ganz verblaßt. Das kommt, weil wir eine Wahl treffen müssen. So hat es die Fischfrau gesagt.«

Ein gedämpftes Glühen hatte den östlichen Himmel erfüllt. Jetzt ging der Mond auf und tauchte die Bäume in Schatten, die wie schwarze Spitze aussahen. Er stieg höher, überflutete den Himmel mit Licht und ließ die Sterne verblassen. Mit ihm erschallte ein langer Ton, der sich wie ein Fluß ergoß und wie eine Glocke läutete. Es war die Stimme des Großen Urahnen.

4

Die Kinder sprangen auf. Dann konnten sie sich eine Weile nicht rühren. Sie horchten bloß und sahen in ihren Köpfen eine weite Salzfläche, einen glänzenden Flecken Wasser, der umherwanderte, und darüber eine Öffnung in einem bröckeligen Ufer.
Der Mond stieg höher hinauf. Der Gesang hörte auf, und Sarah Jane flüsterte: *»Für immer und ewig.«* Wehmütig fügte sie hinzu: »Bloß kann ich mich nicht erinnern, daß sein Gesang so laut war . . . Wie können wir ihn bis hierher hören?«
»Das geht nicht«, brummte der Junge. »Irgend etwas stimmt nicht. Jemand hat ihn entdeckt und hierhergebracht.«
»Wer?«
»Meine Leute nicht«, sagte der Junge grimmig.
Sie gingen zum Feuer zurück. Der Junge schob Reisig weiter hinein, und eine auflodernde Flamme spiegelte sich in seinen Augen wider.
»Müssen wir ihn zurückbringen?« fragte Sarah Jane. »Ich glaube nicht, daß ich die Kraft dazu habe.«
Der Junge saß finster dreinschauend am Feuer. Er legte einen weiteren Zweig hinein, um genug Feuer für zwei zu haben. Schließlich sagte er: »Nachdem sie einmal wissen, wo er zu finden ist, können sie ihn sich jederzeit wieder holen.«
Sie nickte. »Er braucht einen sicheren Platz.«

»Im Meer?« fragte er mit einem Blick zur Seite.

Sarah Jane senkte den Kopf. »Ja. Das ist der Platz, an den er gehört.«

Aber dem Jungen widerstrebte diese Vorstellung. »Vielleicht ist er aus freien Stücken gekommen und möchte hierbleiben«, wandte er ein.

»Das glaube ich nicht. Ich denke, er will weder das eine noch das andere – er will gar nichts. Nur der Stein und sein Gesang sind hier. Er selbst ist anderswo – für immer.«

»Wir kennen seinen Wunsch nicht, bevor wir den Stein nicht gefunden haben«, sagte der Junge und fing an, die Schlaffeuer herzurichten. Sie legten sich an ihre Feuer und sprachen bis zum Einschlafen von dem Urahnen – wer ihn nach Osten gebracht haben mochte und wie sie zu ihm und seinem Gesang gelangen konnten.

In der Morgendämmerung begruben sie die Feuer, brachen auf und aßen im Gehen Lilienwurzeln und Ameiseneier. Um dem Gesang, den sie in der Nacht gehört hatten, näher zu kommen, mußten sie wieder nach Süden wandern, über Berghänge und Täler auf die einsamen Höhen zu. Wenn sie auf einem Gipfel kampierten, hörten sie den Gesang des Urahnen vielleicht besser und fanden ihn, ehe die Kraft des Mondes wieder abnahm.

»Beeil dich, S'Jane.«

»Da in den Felsen ist ein Waran verschwunden.«

Sie hielten an, um den Waran zu erlegen, um am Straßenrand auf Autos zu horchen, um aus einem Fluß zu trinken und sich darin abzukühlen. In jener Nacht kampierten sie auf einem Bergsattel und erblickten die fernen Lichter einer Stadt.

»Meinst du, der Gesang könnte von dort gekommen sein?«

»Woher soll ich das wissen? Wir müssen horchen.«
Die Lichter der Stadt waren im Dunkel aufgereiht wie Perlen an einer Kette, ein Tal weit drüben war gesprenkelt von erhellten Fenstern. Die Kinder setzten sich auf noch sonnenwarme Felsen und warteten, daß der Mond aufging.
»Was könnte jemand mit einem alten, zu Stein gewordenen Ding wollen? Wer den Stein an sich genommen hat, muß sich auch um ihn kümmern und tun, was für ihn richtig ist. Aber wenn er das täte, dann hätte dieser Jemand ihn von vornherein an seinem Platz gelassen.«
»Es gibt Buschräuber und so. Denen ist das egal, sie rauben alles und jedes.«
Die kleinen Fenster im Tal leuchteten heller, und Autolichter flogen über unsichtbare Straßen. Die Stadt im Südosten zeichnete mit ihren Lichtern die Umrisse eines Berges und einer Flußbiegung nach.
»Dort wird er nicht sein, bei all den Lichtern. Er würde nie den Mond zu sehen bekommen.«
»Sch. Der Mond geht auf.«
Eine silberne Sichel stieg über dem Hang im Osten auf. Langsam wanderte der Mond höher, und bald erschallte der Gesang durch die Nacht. Die Kinder warteten und lauschten, bis der Mond noch höher stand und der Gesang verstummte.
»Die Stadt käme in Frage«, sagte der Junge. »Von dort kommt der Gesang.«
»Unsinn. Die sind nicht auf einen Urahnen angewiesen.«
Drei Tage lang wanderten sie zwischen den gewundenen Ausläufern der Berge ein Tal entlang. Nacht um Nacht ging der Mond später auf. Im Tal war der Gesang nicht zu hören. Allein

Grüppchen von Behaarten, die sich auf den Berggipfeln versammelt hatten, vernahmen ihn. Sie glaubten, es wäre der Mond, der da sang. Am vierten Tag gelangten die Kinder zu einer Stadt, die an einer Flußbiegung einen Berg hochkroch. Sie verweilten außerhalb der Stadt, während Autos schnell wie der Blitz durch die Straßen schossen.

»Ist das die Stadt, die wir von oben gesehen haben?«

»Ja. Wir sollten den Berg absuchen, solange es noch hell ist.«

»Und was ist mit den Autos und Hunden? In dem Gewimmel verlieren wir den Urahnen bestimmt!«

»Dazu müssen wir erst versuchen, ihn zu finden. Aber falls er uns verlorengeht, gibt es da hinten diesen höheren Berg. Wir können morgen dort hingehen.«

Mutig liefen sie über eine Brücke in die Stadt hinein, gingen auf Bürgersteigen und bogen um Ecken in ruhige Straßen ein. Da gab es kleine Läden, die Kuchen, Bücher oder Wollknäuel, staubige Vasen und Steine verkauften. Am späten Nachmittag entdeckten sie dort den Großen Urahnen.

Der Stein lag auf einem Regal hinter dem Ladenfenster, zwischen lackierten Muschelschalen und Schmetterlingen in Glaskästen. Er war klein und hell, und zuerst übersah ihn Sarah Jane wegen der leuchtendbunten Schmetterlinge. Dann nahmen ihre Augen den milchig blauen und grünen Schimmer und die Form des Opals wahr: den einer Wirbelsäule ähnlichen knotigen Strang und die Farnwedel, die sich in einem alten Meer gewellt hatten.

Ungläubig drehte sie sich zu dem Jungen um. Sein Gesicht war finster vor Zorn, und seine Augen sprühten Funken. »Nein! Wir sind keine bösen Geister!« rief sie und betrat blindlings den Laden.

Es war, als wäre sie in einem Traum. Der düstere kleine Laden war voll glänzender Steine, Muschelschalen, aus Gras gewebter Beutel und kleiner Gerippe. Vor ihr ragte ein hoher Tresen auf, hinter ihr befanden sich das Fenster und das Regalbrett, auf dem der Urahne lag. Irgendwo klopfte jemand mit einem Hammer: Hinter dem Tresen stand eine Tür offen.

Sarah Jane war verwirrt. Die Tür verfinsterte sich, und ein Mann mit einem kleinen Hammer schaute herein. Sie lächelte ihn an, aber er warf bloß einen kurzen Blick in den Laden und ging wieder. Also drehte sie sich zum Fenster, nahm den Stein des Großen Urahnen und ließ ihn in ihren Beutel gleiten. Dann ging sie leise hinaus und verließ mit dem Jungen die Stadt.

Als sie die Brücke überquerten, wachte Sarah Jane plötzlich aus ihrem Traum auf. »Um Himmels willen! Was wird der Mann jetzt tun?«

»Das ist mir egal«, sagte der Junge. »Ich bin ja nicht bei ihm.«

»Aber es ist Diebstahl! Es werden Aufseher kommen oder diese – *Polizei!«*

»Oh, S'Jane! Durch Raub ist er dorthin gelangt. Sie werden schon nichts merken!«

»Natürlich werden sie merken, daß er weg ist! Wir können von Glück sagen, daß sie noch nicht nach uns suchen.«

»Sch!« sagte der Junge. »Hör zu – was hätten wir denn tun sollen? Heute nacht legen wir den Stein ins Mondlicht, dann werden wir erfahren, was richtig ist. Jetzt folgen wir dem Fluß.«

Bis zum Abend folgten sie dem Fluß nach Süden und kampierten unter Kasuarinen. Die Stadt war nur noch ein Glimmen hinter einem Berghang. Sarah Jane setzte sich auf einen erhöhten Platz, während der Junge ein Feuer machte. Der Mond ging auf, und der Urahne sang. Und die Kinder erinnerten sich und nahmen sein großes Wort in sich auf: Für immer.

Sie konnten auch diesmal nicht miteinander darüber sprechen. Es war zu gewaltig, und doch fühlte es sich warm und beruhigend an. Sarah Jane betastete den Opal. »Wenn so ein kleines Meeresgeschöpf Platz gefunden hat in dem, was für immer ist . . . obwohl das so was Gewaltiges ist – dann habe ich keine Angst mehr. Du?«

»Ich hätte bloß Angst, ob er sicher aufgehoben ist.«

»So sicher wie irgendwas! Er könnte in dem Laden sein, wir könnten ihn hier liegenlassen – es wäre egal! Es ist der Stein selbst – der Stein und irgendein Trick bei seiner Erschaffung.«

»Nein«, sagte der Junge und runzelte nachdenklich die Stirn. »Weder das eine noch das andere. Es ist . . . um ihn zu wissen . . . ihn zu hören. Zu achten auf das, was er sagt. Andere Steine tragen kein Abbild des Großen Urahnen in sich, sie singen nicht, und sie helfen den Menschen nicht, stimmt's? Dieser Stein ist nichts, was man in einem Laden verkaufen oder in einem Beutel herumtragen darf. Es geht . . . um das Land . . . das Wissen . . . die Menschen. Er sollte an einem Ort sein, wo Menschen ihn hören können.«

»Keiner hört ihn, nur wir.«

»Das wissen wir nicht, oder? Vielleicht hören auch andere ihn. Wir können versuchen es herauszufinden.«

Sie dachten darüber nach, als sie unter den Kasuarinen Feuer machten und sich schlafen legten. Der Stein lag zwischen ihnen in Sarah Janes Beutel, und nach einer Weile sprach sie in die Dunkelheit.

»Menschen an unberührten Orten werden ihn hören. In Städten und auf Bauernhöfen hören sie ihn bestimmt nicht.«

Der Junge regte sich. »Auf unserem Weg hierher sind wir durch unberührtes Land gekommen. Im Südwesten, gar nicht weit von hier.«

Am nächsten Tag brachen sie entlang des Flusses nach Süden auf. Sie wanderten, während der Mond abnahm, verschwand, wieder erschien und langsam zunahm. Unterdessen war der Fluß eine tief in Sandstein eingeschnittene Rinne geworden. Steil ansteigende, vor Wald dunkle Berge ragten darüber auf, und die Kinder verließen den Fluß und kletterten die Hänge hoch.

Sie stiegen zwischen glatten grünen Stämmen hoch, die nach oben ragten wie die Masten großer Schiffe. Steil abfallende Schluchten endeten in engen, tief eingeschnittenen Tälern, gesäumt von Regenwald und voll blauem Dunst.

»Der Wald ist noch immer unberührt!« rief Sarah Jane.

»Aber die Pfade«, sagte der Junge. Denn da waren schmale Wanderpfade, breite Wege mit Wagenspuren, hin und wieder eine Brücke über einen Wasserfall und sogar hölzerne Aussichtsplattformen. Es war offenkundig, daß Leute hierherkamen.

Die Kinder kletterten langsam zwischen Hängen und um Wasserfälle herum und wanderten ziellos weiter. Es gab Nahrung, wie sie sie seit hundert Jahren nicht mehr gegessen hatten. Sarah Janes Ring saß jetzt wieder fester, und die Narbe des Jungen leuchtete wieder heller. Sie sahen keine Menschen, sondern hörten bloß Vögel und leises Getrippel von Pelztieren. Aber des Nachts legten sie, wann immer Sterne durch das hohe Blätterdach funkelten und der Mond hereinschien, den Stein des

Großen Urahnen in den Mondschein und vernahmen seinen kraftvollen, lieblichen Gesang.
»Alles ist anders geworden«, sagte Sarah Jane eines Nachts. »Nichts wird für immer sein.« Sie wartete darauf, daß der Junge sagte: »Sei vernünftig, S'Jane«, aber statt dessen sprach er die Worte, die Loo-Errn ihm eingegeben hatte . . .
Sie befanden sich in einer geheimen Schlucht. Um sie her wuchs Wald, und gewaltige Felswände ragten in den Himmel. Wasser floß leise dahin oder stürzte hinab. Mondlicht glitzerte, wo es zwischen Farnen fortströmte. Kinder spielten dort: behaarte, rundgesichtige Kinder, die lachten und leise knurrten. Die Erwachsenen paßten auf sie auf und kümmerten sich um sie. Ein Vater ruhte sich nach der Jagd aus, eine Mutter sang einem Säugling leise ein Lied, eine Großmutter streckte die Arme aus, um das Kind hochzunehmen. Ihre Körper waren mit rotbraunem Haar bedeckt. Der Urahne sang, und sie schienen ihm zu lauschen. Noch mehr Behaarte kamen zwischen Bäumen und Felsen zum Vorschein und standen mit baumelnden Armen da. Sie hatten alte, wissende Augen, tief zwischen Runzeln eingebettet. Sie begannen ein leises, wildes Lied zu singen.
Der Mond verfinsterte sich: Die Schlucht und die Menschen waren verschwunden. Sarah Jane wollte rufen, denn sie hatte eine Familie in jener Art von Haus, wie es ihr vertraut war, erblickt. Aber der Urahne hatte aufgehört zu singen, und der Junge und sie befanden sich wieder auf einer Bergkuppe – doch der leise, wilde Gesang hielt weiter an.
Da waren wirklich Behaarte. Sie bildeten einen Kreis um sie und sangen. Die Kinder waren überrascht, aber sie wußten, daß der

Gesang des Urahnen ihnen den Traum und die Wirklichkeit zugleich gebracht hatte.
Der Junge nahm den Stein auf und hielt ihn den Behaarten hin. Leise knurrend traten sie zurück. Sie wollten den Stein nicht annehmen.
»Was sollen wir tun?« sagte der Junge.
Sarah Jane nahm den Stein, legte ihn in ihren Beutel und bot ihnen den Beutel an. Die Behaarten knurrten erneut und schwenkten die Arme.
Die Kinder waren hilflos. Dann traten zwei von den Männern vor, nahmen die Kinder und schwangen sie hoch in die Luft. Die Kinder rangen nach Atem: Beide saßen auf der Schulter eines Behaarten, und rundherum ertönte ein Chor aus freundlichen Brummtönen.
»Es sind Worte!« rief Sarah Jane, hin- und hergerissen zwischen Angst und Hoffnung.
»Sie haben es gewußt!« rief der Junge und hielt den ledrigen Nacken umklammert. »Sie haben uns all die Nächte hindurch belauscht und sind uns gefolgt.«
»Aber warum wollen sie den Stein nicht annehmen?«
»Er ist verzaubert, sie haben Angst, er könnte ihnen Schaden bringen. Uns schadet er nicht, also sind wir ein Teil von ihm. Wir sind seine Weisen Menschen.«
»Unsinn«, sagte Sarah Jane.
Die Behaarten trugen sie zur geheimen Schlucht, versteckten den Stein hinter einem Wasserfall und sorgten für die Kinder, zusammen mit ihren eigenen. Vielleicht sind die beiden als Kinder bei den Behaarten geblieben; vielleicht haben sie sich für immer anders entschieden.

Anmerkung der Autorin

Die Figur des Magooya, jenes Geistes, der die verschiedensten Gestalten annehmen kann, gibt es in der Mythologie der australischen Ureinwohner nicht. Sie wurde von mir erfunden – wie ich hoffe, mit Einfühlungsvermögen in die Tradition und Glaubwürdigkeit.

Das Dürre Land
Der Salz-see
Der Große Urahne
Berge
Der Große Fluß
Die Fahrt mit dem Zug
Der lange Strand
Goldfeld
Höhle mit einem Mann in Stein
Vom Jungen verbranntes Land
Land Loo-Errns
Strand mit Edelsteinen